감사합니다. 어휘로 한국어 회화를 배웁시다.

砍殺哈妮達！用單字學韓語會話

國家圖書館出版品預行編目資料

欣殺哈妮達！用單字學韓語會話 / 雅典韓研所企編
-- 初版. -- 新北市 : 雅典文化, 民105.05
面 ;　公分. -- (全民學韓語 ; 26)
ISBN 978-986-5753-66-5(平裝)
1.韓語　2.讀本
803.28　　105006474

全民學韓語系列 26

欣殺哈妮達！用單字學韓語會話

企編／雅典韓研所
責任編輯／呂欣穎
美術編輯／王國卿
封面設計／姚恩涵

法律顧問：方圓法律事務所／涂成樞律師

總經銷：永續圖書有限公司
永續圖書線上購物網
www.foreverbooks.com.tw

CVS代理／美璟文化有限公司
TEL：（02）2723-9968
FAX：（02）2723-9668

出版日／2016年05月

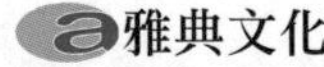

出版社
22103　新北市汐止區大同路三段194號9樓之1
TEL　（02）8647-3663
FAX　（02）8647-3660

韓文字是由基本母音、基本子音、複合母音、氣音和硬音所構成。

其組合方式有以下幾種：

1.子音加母音，例如：저(我)
2.子音加母音加子音，例如：밤（夜晚）
3.子音加複合母音，例如：위（上）
4.子音加複合母音加子音，例如：관（官）
5.一個子音加母音加兩個子音，如：값（價錢）

簡易拼音使用方式：

1. 為了讓讀者更容易學習發音，本書特別使用「簡易拼音」來取代一般的羅馬拼音。
   規則如下，
   例如：
   그러면 우리 집에서 저녁을 먹자.
   geu.reo.myeon/u.ri/ji.be.seo/jeo.nyeo.geul/meok.jja
   ----------普遍拼音
   geu.ro*.myo*n/u.ri/ji.be.so*/jo*.nyo*.geul/mo*k.jja
   ------------簡易拼音
   那麼，我們在家裡吃晚餐吧！

   文字之間的空格以「/」做區隔。
   不同的句子之間以「//」做區隔。

基本母音：

•track 002

	韓國拼音	簡易拼音	注音符號
ㅏ	a	a	ㄚ
ㅑ	ya	ya	ㄧㄚ
ㅓ	eo	o*	ㄛ
ㅕ	yeo	yo*	ㄧㄛ
ㅗ	o	o	ㄡ
ㅛ	yo	yo	ㄧㄡ
ㅜ	u	u	ㄨ
ㅠ	yu	yu	ㄧㄨ
ㅡ	eu	eu	(ㄜ)
ㅣ	i	i	ㄧ

特別提示：

1. 韓語母音「ㅡ」的發音和「ㄜ」發音類似，但是嘴型要拉開，牙齒要咬住，才發的準。
2. 韓語母音「ㅓ」的嘴型比「ㅗ」還要大，整個嘴巴要張開成「大O」的形狀，
「ㅗ」的嘴型則較小，整個嘴巴縮小到只有「小o」的嘴型，類似注音「ㄡ」。
3. 韓語母音「ㅕ」的嘴型比「ㅛ」還要大，整個嘴巴要張開成「大O」的形狀，
類似注音「ㄧㄛ」，「ㅛ」的嘴型則較小，整個嘴巴縮小到只有「小o」的嘴型，類似注音「ㄧㄡ」。

基本子音：

•track 003

	韓國拼音	簡易拼音	注音符號
ㄱ	g,k	k	ㄎ
ㄴ	n	n	ㄋ
ㄷ	d,t	d,t	ㄊ
ㄹ	r,l	l	ㄌ
ㅁ	m	m	ㄇ
ㅂ	b,p	p	ㄆ
ㅅ	s	s	ㄙ,(ㄒ)
ㅇ	ng	ng	不發音
ㅈ	j	j	ㄗ
ㅊ	ch	ch	ㄘ

特別提示：

1. 韓語子音「ㅅ」有時讀作「ㄙ」的音，有時則讀作「ㄒ」的音。「ㄒ」音是跟母音「ㅣ」搭在一塊時，才會出現。
2. 韓語子音「ㅇ」放在前面或上面不發音；放在下面則讀作「ng」的音，像是用鼻音發「嗯」的音。
3. 韓語子音「ㅈ」的發音和注音「ㄗ」類似，但是發音的時候更輕，氣更弱一些。

氣音：

•track 004

	韓國拼音	簡易拼音	注音符號
ㅋ	k	k	ㄎ
ㅌ	t	t	ㄊ
ㅍ	p	p	ㄆ
ㅎ	h	h	ㄏ

特別提示:

1. 韓語子音「ㅋ」比「ㄱ」的較重，有用到喉頭的音，音調類似國語的四聲。
   ㅋ＝ㄱ＋ㅎ
2. 韓語子音「ㅌ」比「ㄷ」的較重，有用到喉頭的音，音調類似國語的四聲。
   ㅌ＝ㄷ＋ㅎ
3. 韓語子音「ㅍ」比「ㅂ」的較重，有用到喉頭的音，音調類似國語的四聲。
   ㅍ＝ㅂ＋ㅎ

複合母音：

•track 005

	韓國拼音	簡易拼音	注音符號
ㅐ	ae	e*	ㄝ
ㅒ	yae	ye*	ㄧㄝ
ㅔ	e	e	ㄟ
ㅖ	ye	ye	ㄧㄟ
ㅘ	wa	wa	ㄨㄚ
ㅙ	wae	we*	ㄨㄝ
ㅚ	oe	we	ㄨㄟ
ㅞ	we	we	ㄨㄟ
ㅝ	wo	wo	ㄨㄛ
ㅟ	wi	wi	ㄨㄧ
ㅢ	ui	ui	ㄜㄧ

特別提示：

1. 韓語母音「ㅐ」比「ㅔ」的嘴型大，舌頭的位置比較下面，發音類似「ae」；「ㅔ」的嘴型較小，舌頭的位置在中間，發音類似「e」。不過一般韓國人讀這兩個發音都很像。
2 .韓語母音「ㅒ」比「ㅖ」的嘴型大，舌頭的位置比較下面，發音類似「yae」；「ㅖ」的嘴型較小，舌頭的位置在中間，發音類似「ye」。不過很多韓國人讀這兩個發音都很像。
3. 韓語母音「ㅚ」和「ㅞ」比「ㅙ」的嘴型小些，「ㅙ」的嘴型是圓的；「ㅚ」、「ㅞ」則是一樣的發音。不過很多韓國人讀這三個發音都很像，都是發類似「we」的音。

硬音：

•track 006

	韓國拼音	簡易拼音	注音符號
ㄲ	kk	g	ㄍ
ㄸ	tt	d	ㄉ
ㅃ	pp	b	ㄅ
ㅆ	ss	ss	ㄙ
ㅉ	jj	jj	ㄗ

特別提示：

1. 韓語子音「ㅆ」比「ㅅ」用喉嚨發重音，音調類似國語的四聲。
2. 韓語子音「ㅉ」比「ㅈ」用喉嚨發重音，音調類似國語的四聲。

*表示嘴型比較大

언제	자주	집	타다	맛있다
음식	교통	빨리	씨	걸다
맛있다	좋다	무엇	처음	그런데

第一章
疑問詞篇

第二章
代名詞篇

第三章
副詞篇

먼저 首先 108
- 저 먼저 가겠습니다. 我先走了

아직 仍然 109
- 아직 결혼하지 않았어요. 我還沒結婚

벌써 已經 110
- 벌써 취한 거야? 你已經醉了嗎？

이미 已經 111
- 이미 전부 품절되었습니다. 已經全部賣完了

늘 總是 112
- 아버지는 늘 늦게 퇴근하신다. 爸爸總是很晚下班

항상 經常 113
- 내가 항상 네 옆에 있을게. 我會一直待在你身邊

언제나 無論何時 114
- 언제나 환영해요. 隨時歡迎你

자주 時常 115
- 교회에 자주 가세요? 你時常去教會嗎？

가끔 偶爾 116
- 가끔 테니스를 해요. 我偶爾會打網球

거의 幾乎 117
- 논문은 거의 다 썼어요. 論文幾乎快寫完了

전혀 完全不 118
- 집에서 전혀 요리 안 해요. 我在家完全不煮飯的

바로 正是 119
- 범인은 바로 그 사람입니다. 犯人就是那個人

第四章
連接詞篇

第五章 常用慣用語篇

第六章 外來語篇

第七章 動詞篇

第八章 形容詞篇

1
疑問詞篇

언제 가요?
你什麼時候去？

언제	什麼時候、何時
o*n.je	
詞彙說明：用來指示說話者所不知道的時間點。	

會話一

Ⓐ 언제 가요?
o*n.je/ga.yo
什麼時候去？

Ⓑ 내일 가요.
ne*.il/ga.yo
明天去。

會話二

Ⓐ 언제 퇴근하세요?
o*n.je/twe.geun.ha.se.yo
您何時下班？

Ⓑ 저녁 여섯 시에 퇴근해요.
jo*.nyo*k/yo*.so*t/si.e/twe.geun.he*.yo
晚上六點下班。

相關例句

例 생일이 언제예요?
se*ng.i.ri/o*n.je.ye.yo
你生日是什麼時候？

例 언제 졸업합니까?

o*n.je/jo.ro*.pam.ni.ga
你什麼時候畢業？

例 추석이 언제예요?
chu.so*.gi/o*n.je.ye.yo
中秋節是什麼時候？

例 언제든지 연락 주세요
o*n.je.deun.ji/yo*l.lak/ju.se.yo
請隨時連絡我。

例 언제가 좋으세요?
o*n.je.ga/jo.eu.se.yo
您什麼時候方便？

例 나는 언제나 좋아요.
na.neun/o*n.je.na/jo.a.yo
我什麼時候都可以。

例 일요일 이외에는, 언제든지 괜찮아요.
i.ryo.il/i.we.e.neun//o*n.je.deun.ji/gwe*n.cha.na.yo
除了星期日，什麼時候都可以。

語法說明 1

在疑問句中，疑問詞「언제」後方不需接上表示時間點的助詞「에」， 但是在回答句中，則要在表示時間點的名詞後方，接上助詞「에」。

會話

A 언제 결혼하셨어요?

o*n.je/gyo*l.hon.ha.syo*.sso*.yo

您什麼時候結婚的？

B 지난 달에 결혼했어요.

ji.nan/da.re/gyo*l.hon.he*.sso*.yo

我上個月結婚的。

A 몰랐네요. 신혼 축하합니다.

mol.lan.ne.yo//sin.hon/chu.ka.ham.ni.da

我不知道耶，新婚快樂。

語法說明 2

오늘（今天）、내일（明天）、어제（昨天）、모레（後天）、방금（剛才）、언제（何時）等時間名詞後方不需接助詞「에」。

會話

A 언제 왔어요?

o*n.je/wa.sso*.yo

你什麼時候來的？

B 방금 왔어요.

bang.geum/wa.sso*.yo

我剛剛來的。

A 앉아요. 커피 한 잔 할래요?

an.ja.yo//ko*.pi/han/jan/hal.le*.yo

坐吧，要喝杯咖啡嗎？

화장실이 어디예요?
請問廁所在哪裡？

어디	哪裡
o*.di	
詞彙說明：用來指示說話者所不知道的某處、某地。	

會話一

A 화장실이 어디예요?
hwa.jang.si.ri/o*.di.ye.yo
請問廁所在哪裡？

B 화장실은 이층이에요.
hwa.jang.si.reun/i.cheung.i.e.yo
廁所在二樓。

會話二

A 고향이 어디예요?
go.hyang.i/o*.di.ye.yo
你的故鄉在哪裡？

B 고향은 대구예요.
go.hyang.eun/de*.gu.ye.yo
我的故鄉在大邱。

相關例句

例 어디로 가세요?
o*.di.ro/ga.se.yo
您要去哪裡？

例 어디가 아프세요?

o*.di.ga/a.peu.se.yo

您哪裡不舒服？

例 어디에 가면 좋아요?

o*.di.e/ga.myo*n/jo.a.yo

去哪裡好？

例 어디에 갔어요?

o*.di.e/ga.sso*.yo

你去了哪裡？

例 어디라도 좋아요.

o*.di.ra.do/jo.a.yo

哪裡都好。

例 내 가방은 어디에 뒀어요?

ne*/ga.bang.eun/o*.di.e/dwo.sso*.yo

我的包包放在哪裡了？

例 할머니는 어디에 계십니까?

hal.mo*.ni.neun/o*.di.e/gye.sim.ni.ga

奶奶在哪裡？

語法說明 1

疑問詞「어디」後方接上助詞「에」，表示用來詢問聽話者某人、某物的位置，或前往的地點。

例 어디에 가요?

o*.di.e/ga.yo

你要去哪裡？

例 어디에 가고 싶어요?

o*.di.e/ga.go/si.po*.yo

你想去哪裡？

例 책이 어디에 있어요?
che*.gi/o*.di.e/i.sso*.yo
書在哪裡？

語法說明 2

疑問詞「어디」後方接上助詞「에서」，表示用來詢問聽話者某一行為發生的地點，或出發點、起點。어디에서的略語用法為「어디서」。

例 어디서 공부해요?
o*.di.so*/gong.bu.he*.yo
你在哪裡念書？

例 어디서 식사했어요?
o*.di.so*/sik.ssa.he*.sso*.yo
你在哪裡用餐？

例 어디에서 오셨습니까?
o*.di.e.so*/o.syo*t.sseum.ni.ga
您從哪裡來呢？

그분이 누구이십니까?
那位是誰？

누구	誰
nu.gu	
詞彙說明：用來指示說話者所不知道的人物。	

會話一

Ⓐ 그분이 누구이십니까?
geu.bu.ni/nu.gu.i.sim.ni.ga
那位是誰？

Ⓑ 우리 과장님이십니다.
u.ri/gwa.jang.ni.mi.sim.ni.da
是我們的課長。

會話二

Ⓐ 누구를 찾으세요?
nu.gu.reul/cha.jeu.se.yo
您找誰呢？

Ⓑ 김 교수님을 찾습니다.
gim/gyo.su.ni.meul/chat.sseum.ni.da
我要找金教授。

相關例句

例 당신이 누구세요?
dang.si.ni/nu.gu.se.yo
您是哪位？

例 너는 누구냐?
no*.neun/nu.gu.nya
你是誰？

例 누구를 봤어요?
nu.gu.reul/bwa.sso*.yo
你看到誰了？

例 이게 누구 거예요?
i.ge/nu.gu/go*.ye.yo
這是誰的？

例 교실에 누구누구 있어요?
gyo.si.re/nu.gu.nu.gu/i.sso*.yo
教室有誰呢？

例 누가 미연 씨 동생이에요?
nu.ga/mi.yo*n/ssi/dong.se*ng.i.e.yo
誰是美妍小姐的妹妹（弟弟）？

例 이것은 누구든 할 수 있는 일이에요.
i.go*.seun/nu.gu.deun/hal/ssu/in.neun/i.ri.e.yo
這是任誰都會做的事。

語法說明 1

疑問詞「누구」後方接上主格助詞「가」時，구會省略。

例 누가 같이 가요?
nu.ga/ga.chi/ga.yo
誰要一起去？

例 누가 왔어요?
nu.ga/wa.sso*.yo
誰來了？

語法說明 2

疑問詞「누구」後方接上受格助詞「를」時，表示某人為後方行為動作所涉及的對象。「누구를」可縮寫成「누굴」。

會話一

A 누굴 만나요?
nu.gul/man.na.yo
你見誰呢？

B 대학 동창을 만나요.
de*.hak/dong.chang.eul/man.na.yo
我見大學同學。

會話二

A 지현 씨는 누구를 닮았어요?
ji.hyo*n/ssi.neun/nu.gu.reul/dal.ma.sso*.yo
智賢妳像誰？

B 저는 어머니를 닮았어요.
jo*.neun/o*.mo*.ni.reul/dal.ma.sso*.yo
我像我媽媽。

이것은 무엇입니까?
這是什麼？

무엇	什麼
mu.o*t	
詞彙說明：用來指示說話者所不知道的事實或物品。	

會話一

A 이것은 무엇입니까?
i.go*.seun/mu.o*.sim.ni.ga
這是什麼？

B 그것은 치약입니다.
geu.go*.seun/chi.ya.gim.ni.da
那是牙膏。

會話二

A 무엇을 봐요?
mu.o*.seul/bwa.yo
你在看什麼？

B 패션 잡지를 봐요.
pe*.syo*n/jap.jji.reul/bwa.yo
我在看流行雜誌。

相關例句

例 그것은 무엇입니까?
geu.go*.seun/mu.o*.sim.ni.ga
那是什麼？

例 이유가 무엇입니까?
i.yu.ga/mu.o*.sim.ni.ga
理由是什麼？

例 취미가 뭐예요?
chwi.mi.ga/mwo.ye.yo
興趣是什麼？

例 무엇을 샀어요?
mu.o*.seul/ssa.sso*.yo
你買了什麼？

例 무엇을 마셨어요?
mu.o*.seul/ma.syo*.sso*.yo
喝了什麼呢？

例 무엇을 합니까?
mu.o*.seul/ham.ni.ga
做什麼呢？

例 무엇이든 물어보세요.
mu.o*.si.deun/mu.ro*.bo.se.yo
您什麼都可以問。

語法說明 1

「뭐」是무엇的略語。「뭘」是무엇을的略語。

例 이름이 뭐예요?
i.reu.mi/mwo.ye.yo
你叫什麼名字？

例 뭘 먹어요?
mwol/mo*.go*.yo
吃什麼？

例 지금 뭐 해요?
ji.geum/mwo/he*.yo
你現在在做什麼？

語法説明 2

「뭐」也可當作感嘆詞使用，表示驚訝時，所發出的聲音。

例 뭐? 누구한테서 전화 왔다고?
mwo//nu.gu.han.te.so*/jo*n.hwa/wat.da.go
什麼？你説誰打電話來？

例 뭐? 너 진심이야? 너 미쳤니?
mwo//no*/jin.si.mi.ya//no*/mi.cho*n.ni
什麼？你是認真的嗎？你瘋了嗎？

例 뭐? 그게 무슨 말이야? 자세히 좀 말해 봐.
mwo//geu.ge/mu.seun/ma.ri.ya//ja.se.hi/jom/mal.he*/bwa
什麼？那是什麼意思？你説清楚一點。

왜 화를 내요?
你為什麼生氣？

왜	為什麼
we*	

詞彙說明：使用在疑問句中，用來詢問對方某一事情的緣由、理由。

會話一

A 왜 화를 내요?
we*/hwa.reul/ne*.yo
你為什麼生氣？

B 제가 언제 화를 내요?
je.ga/o*n.je/hwa.reul/ne*.yo
我哪有生氣。

會話二

A 왜 그래요? 무슨 일이에요?
we*/geu.re*.yo//mu.seun/i.ri.e.yo
怎麼了？發生什麼事嗎？

B 오늘 경기에 져서 너무 속상해요.
o.neul/gyo*ng.gi.e/jo*.so*/no*.mu/sok.ssang.he*.yo
今天比賽輸掉了，好難過。

會話三

A 왜 밥 안 먹어요?
we*/bap/an/mo*.go*.yo
你為什麼不吃飯？

B 속이 안 좋아서 조금 이따가 먹을게요.
so.gi/an/jo.a.so*/jo.geum/i.da.ga/mo*.geul.ge.yo
肚子不舒服，待會再吃。

會話四

A 왜 놀러 안 가요?
we*/nol.lo*/an/ga.yo
你為什麼不出去玩？

B 밖에 비가 와서요.
ba.ge/bi.ga/wa.so*.yo
因為外面在下雨。

會話五

A 너 왜 전화 안 받아?
no*/we*/jo*n.hwa/an/ba.da
你為什麼不接電話？

B 미안, 벨소리를 못 들었어.
mi.an//bel.so.ri.reul/mot/deu.ro*.sso*
抱歉，我沒聽到電話鈴聲。

會話六

A 난 준영 오빠랑 결혼 안 해.
nan/ju.nyo*ng/o.ba.rang/gyo*l.hon/an/he*
我不會跟俊英哥結婚。

B 왜요?
we*.yo
為什麼？

어느 것을 선택하세요?
您要選哪個？

어느	哪一、某
o*.neu	

詞彙說明：表示在兩個以上可選擇的項目中，加以確定該對象爲何者時使用。어느放在名詞前方，用來要求對方指出是同類事物中的哪一個。

會話一

A 어느 것을 선택하세요?
o*.neu/go*.seul/sso*n.te*.ka.se.yo
您要選哪個？

B 이것을 선택할게요.
i.go*.seul/sso*n.te*.kal.ge.yo
我要選這個。

會話二

A 서점에 가고 싶어요.
so*.jo*.me/ga.go/si.po*.yo
我想去書店。

B 어느 서점에 가고 싶어요?
o*.neu/so*.jo*.me/ga.go/si.po*.yo
你想去哪間書店？

A 학교 옆에 있는 서점에 가고 싶어요.
hak.gyo/yo*.pe/in.neun/so*.jo*.me/ga.go/si.po*.yo
我想去學校旁邊的書店。

會話三

A 어느 당을 지지하세요?

o*.neu/dang.eul/jji.ji.ha.se.yo

你支持哪個黨派？

B 현재 특별히 선호하거나 지지하는 정당은 없습니다.

hyo*n.je*/teuk.byo*l.hi/so*n.ho.ha.go*.na/ji.ji.ha.neun/jo*ng.dang.eun/o*p.sseum.ni.da

我目前沒有特別偏愛或支持的政黨。

語法說明

表示某些自己並非十分清楚或不需特地明確指示的人或物。中文可譯為「某一」。

例 어느 농촌에 가난한 농부 부부가 살고 있었다.

o*.neu/nong.cho.ne/ga.nan.han/nong.bu/bu.bu.ga/sal.go/i.sso*t.da

在某個農村裡住著一對貧窮的農夫夫婦。

例 어느 날, 모르는 한 남자가 우리 집에 찾아왔다.

o*.neu/nal//mo.reu.neun/han/nam.ja.ga/u.ri/ji.be/cha.ja.wat.da

某天，一位陌生男子來到了家裡。

공항까지 어떻게 갑니까?
我要怎麼去機場？

어떻게	如何地、怎麼地
o*.do*.ke	

詞彙說明：어떻게爲副詞，是由「어떻다（如何、怎麼樣）」這個形容詞轉變而來。어떻게通常會出現在動作動詞前方，表示動作行爲應如何、該以什麼方式進行。

會話一

A 공항까지 어떻게 갑니까?
gong.hang.ga.ji/o*.do*.ke/gam.ni.ga
我要怎麼去機場？

B 택시나 공항버스를 이용하세요.
te*k.ssi.na/gong.hang.bo*.seu.reul/i.yong.ha.se.yo
請利用計程車或機場巴士。

會話二

A 일할 때 피곤하면 어떻게 해요?
il.hal/de*/pi.gon.ha.myo*n/o*.do*.ke/he*.yo
如果工作時累了，該怎麼做？

B 진한 커피를 마셔요.
jin.han/ko*.pi.reul/ma.syo*.yo
喝濃咖啡。

會話三

A 어제 축구 경기는 어떻게 됐어요?
o*.je/chuk.gu/gyo*ng.gi.neun/o*.do*.ke/dwe*.sso*.yo
昨天的足球比賽怎麼樣了？

B 우리가 이겼어요.
u.ri.ga/i.gyo*.sso*.yo
我們贏了。

相關例句

例 요즘 어떻게 지내십니까?
yo.jeum/o*.do*.ke/ji.ne*.sim.ni.ga
您最近過得如何？

例 도대체 어떻게 해야 해요?
do.de*.che/o*.do*.ke/he*.ya/he*.yo
我到底該怎麼做？

例 그 일은 어떻게 알았어요?
geu/i.reun/o*.do*.ke/a.ra.sso*.yo
那件事情你是怎麼知道的？

例 오늘 환율이 어떻게 돼요?
o.neul/hwa.nyu.ri/o*.do*.ke/dwe*.yo
今天匯率是多少？

例 티머니 카드는 어떻게 충전하나요?
ti.mo*.ni/ka.deu.neun/o*.do*.ke/chung.jo*n.ha.na.yo
T-money（交通卡）要怎麼儲值呢？

語法說明 1

在韓語中，經常會使用「어떻게 되다」來詢問對方，某一狀況或事實為何，也可表示某一事情的經過目前是什麼樣的狀況、變得怎麼樣了。

例 전화번호가 어떻게 되세요?
jo*n.hwa.bo*n.ho.ga/o*.do*.ke/dwe.se.yo
您的電話號碼幾號？

例 거기 주소가 어떻게 되죠?
go*.gi/ju.so.ga/o*.do*.ke/dwe.jyo
你那邊的地址在哪裡？

例 피해가 어떻게 되죠?
pi.he*.ga/o*.do*.ke/dwe.jyo
損失的情況如何？

例 한자가 어떻게 되죠?
han.ja.ga/o*.do*.ke/dwe.jyo
那個漢字怎麼寫？

例 나이가 어떻게 돼요?
na.i.ga/o*.do*.ke/dwe*.yo
請問你的年紀是？

會 話

A 성함이 어떻게 되십니까?
so*ng.ha.mi/o*.do*.ke/dwe.sim.ni.ga
請問您貴姓大名？

B 진준호입니다.
jin.jun.ho.im.ni.da
陳俊豪。

語法說明 2

形容詞「어떻다」是「어떠하다」的略語，主要使用在疑問句中，用來詢問某一性質、狀況、方式或意見等怎麼樣、如何？

例 이따 퇴근 후 소주 한 잔 어때요?
i.da/twe.geun/hu/so.ju/han/jan/o*.de*.yo
待會下班後一起喝杯燒酒怎麼樣？

例 요즘 건강은 어떠세요?
yo.jeum/go*n.gang.eun/o*.do*.se.yo
最近健康狀況如何？

例 홈페이지의 내용은 어떠합니까?
hom.pe.i.ji.ui/ne*.yong.eun/o*.do*.ham.ni.ga
網頁內容怎麼樣？

會 話

A 한국은 오늘 날씨가 어떻습니까?
han.gu.geun/o.neul/nal.ssi.ga/o*.do*.sseum.ni.ga
韓國今天天氣如何？

B 춥습니다.
chup.sseum.ni.da
很冷。

무슨 과일을 좋아해요?
你喜歡吃什麼水果？

무슨	什麼的
mu.seun	
詞彙說明：무슨爲冠形詞，後方需接名詞，用來詢問對方自己所不知道的事情、對象或物品等。被詢問的對象必須是某一限定的名詞或種類。	

會話一

A 무슨 과일을 좋아해요?
mu.seun/gwa.i.reul/jjo.a.he*.yo
你喜歡吃什麼水果？

B 수박을 좋아해요.
su.ba.geul/jjo.a.he*.yo
我喜歡吃西瓜。

會話二

A 무슨 색으로 보여 드릴까요?
mu.seun/se*.geu.ro/bo.yo*/deu.ril.ga.yo
要拿什麼顏色給您看？

B 빨간색으로 보여 주세요.
bal.gan.se*.geu.ro/bo.yo*/ju.se.yo
請拿紅色給我看。

A 검은색도 있는데 같이 보여 드릴까요?
go*.meun.se*k.do/in.neun.de/ga.chi/bo.yo*/deu.ril.ga.yo
我們也有黑色，要一起拿給您看嗎？

相關例句

例 무슨 일을 하십니까?
mu.seun/i.reul/ha.sim.ni.ga
您在做什麼工作？

例 무슨 음식을 싫어해요?
mu.seun/eum.si.geul/ssi.ro*.he*.yo
你討厭什麼食物？

例 무슨 일이 있어요?
mu.seun/i.ri/i.sso*.yo
你有什麼事情嗎？

例 이게 무슨 냄새죠?
i.ge/mu.seun/ne*m.se*.jyo
這是什麼味道？

例 무슨 노래를 듣고 싶어요?
mu.seun/no.re*.reul/deut.go/si.po*.yo
你想聽什麼歌？

例 서점에서 무슨 책을 샀어요?
so*.jo*.me.so*/mu.seun/che*.geul/ssa.sso*.yo
你在書店買了什麼書？

例 오늘이 무슨 날이죠?
o.neu.ri/mu.seun/na.ri.jyo
今天是什麼日子？

語法說明 1

如果要問對方今天星期幾時，也是使用무슨來問喔！

會話

A 오늘은 무슨 요일이에요?
o.neu.reun/mu.seun/yo.i.ri.e.yo
今天星期幾？

B 화요일이에요.
hwa.yo.i.ri.e.yo
星期二。

※順便把韓語的星期一到星期日都背下來吧！

星期一	星期二	星期三	星期四
월요일 wo.ryo.il	화요일 hwa.yo.il	수요일 su.yo.il	목요일 mo.gyo.il
星期五	星期六	星期日	星期
금요일 geu.myo.il	토요일 to.yo.il	일요일 i.ryo.il	요일 yo.il

語法說明 2

무슨也可以用來強調在自己意料之外的荒唐、不順眼的事情上。

例 이게 무슨 말도 안 되는 소리예요?
i.ge/mu.seun/mal.do/an/dwe.neun/so.ri.ye.yo
你說這話是什麼意思？太不像話了。

例 무슨 여자가 저래요?
mu.seun/yo*.ja.ga/jo*.re*.yo
怎麼有女人那樣子？

어떤 과일을 좋아해요?
你喜歡吃什麼樣的水果？

어떤	什麼樣的
o*.do*n	

詞彙說明：어떤爲冠形詞，後方需接名詞，用來詢問人、事、物的性質、內容、狀態、個性爲何時使用。어떤強調的是人或物的特徵。

會話一

A 어떤 과일을 좋아해요?
o*.do*n/gwa.i.reul/jjo.a.he*.yo
你喜歡吃什麼樣的水果？

B 시고 단 과일을 좋아해요.
si.go/dan/gwa.i.reul/jjo.a.he*.yo
我喜歡酸酸甜甜的水果。

會話二

A 저한테 어떤 색이 어울려요?
jo*.han.te/o*.do*n/se*.gi/o*.ul.lyo*.yo
什麼樣的顏色適合我？

B 손님 피부가 하얘서 어떤 색이든 다 어울리십니다.
son.nim/pi.bu.ga/ha.ye*.so*/o*.do*n/se*.gi.deun/da/o*.ul.li.sim.ni.da
客人您皮膚白皙，不管什麼顏色都很適合。

會話三

A 어떤 남자를 좋아해요?
o*.do*n/nam.ja.reul/jjo.a.he*.yo
你喜歡什麼樣的男生？

B 유머감각이 있는 남자를 좋아해요.
yu.mo*.gam.ga.gi/in.neun/nam.ja.reul/jjo.a.he*.yo
我喜歡幽默的男生。

語法說明

어떤也可以使用在說話者不想清楚指出對象物為何時。

例 어떤 일들은 아무리 잊고 싶어도 못 잊는다.
o*.do*n/il.deu.reun/a.mu.ri/it.go/si.po*.do/mo/din.neun.da
有些事情想忘也忘不掉。

例 어떤 유명한 연예인이 암으로 죽었다.
o*.do*n/yu.myo*ng.han/yo*.nye.i.ni/a.meu.ro/ju.go*t.da
某位知名藝人因癌去世。

이 바지는 얼마예요?
這件褲子多少錢？

얼마	多少、多久
o*l.ma	

詞彙說明：使用在疑問句中，詢問價格、數量、程度。

會話一

A 이 바지는 얼마예요?
i/ba.ji.neun/o*l.ma.ye.yo
這件褲子多少錢？

B 이만원입니다.
i.ma.nwo.nim.ni.da
兩萬韓圜。

會話二

A 지금 현금 얼마 있어요?
ji.geum/hyo*n.geum/o*l.ma/i.sso*.yo
現在你有多少現金？

B 지금은 십만원쯤 있어요.
ji.geu.meun/sim.ma.nwon.jjeum/i.sso*.yo
我現在大概有十萬韓圜。

A 이만원정도 빌려 줘도 돼요?
i.ma.nwon.jo*ng.do/bil.lyo*/jwo.do/dwe*.yo
那可以借我兩萬韓圜嗎？

相關例句

例 지하철 역까지 거리가 얼마예요?
ji.ha.cho*l/yo*k.ga.ji/go*.ri.ga/o*l.ma.ye.yo
到地鐵站的距離有多遠？

例 이 지갑의 가격은 얼마입니까?
i/ji.ga.be/ga.gyo*.geun/o*l.ma.im.ni.ga
這個皮夾的價格是多少？

例 이 회사에서 얼마동안 일하셨어요?
i/hwe.sa.e.so*/o*l.ma.dong.an/il.ha.syo*.sso*.yo
您在這間公司工作多久了？

例 한국어를 얼마동안 배웠습니까?
han.gu.go*.reul/o*l.ma.dong.an/be*.wot.sseum.ni.ga
你學韓國語有多久了？

語法說明 1

얼마也可表示相對較少的數量、價格、程度。

例 얼마 전에 남친이랑 헤어졌어요.
o*l.ma/jo*.ne/nam.chi.ni.rang/he.o*.jo*.sso*.yo
不久前，我跟男朋友分手了。

例 얼마 안 되지만 등록금에 보태라.
o*l.ma/an/dwe.ji.man/deung.nok.geu.me/bo.te*.ra
（錢）雖然不多，但拿去補貼你的註冊費吧。

例 이제 휴가가 얼마 안 남았다.
i.je/hyu.ga.ga/o*l.ma/an/na.mat.da
現在休假已經剩沒幾天了。

語法說明 2

얼마나為疑問副詞，意思與얼마近似，但用法不同。얼마나必須與動詞一同使用，用來修飾後方出現的動詞。

例 서울에서 얼마나 살았어요?
so*.u.re.so*/o*l.ma.na/sa.ra.sso*.yo
你在首爾住了多久呢？

例 공항까지 시간이 얼마나 걸려요?
gong.hang.ga.ji/si.ga.ni/o*l.ma.na/go*l.lyo*.yo
到機場要花多久時間呢？

例 영어를 배운 지 얼마나 됐어요?
yo*ng.o*.reul/be*.un/ji/o*l.ma.na/dwe*.sso*.yo
你學英語有多久了？

例 자금은 얼마나 남아 있습니까?
ja.geu.meun/o*l.ma.na/na.ma/it.sseum.ni.ga
資金還剩下多少？

例 호텔까지는 얼마나 멀어요?
ho.tel.ga.ji.neun/o*l.ma.na/mo*.ro*.yo
到飯店有多遠？

例 머리 염색을 하고 싶은데 비용이 얼마나 들어요?
mo*.ri/yo*m.se*.geul/ha.go/si.peun.de/bi.yong.i/o*l.ma.na/deu.ro*.yo
我想染髮，要花多少錢？

배 모두 몇 개예요?
梨子總共有幾個？

몇	幾
myo*t	
詞彙說明：使用在疑問句中，詢問東西的數量、時間、次數。	

會話一

A 배 모두 몇 개예요?
be*/mo.du/myo*t/ge*.ye.yo
梨子總共有幾個？

B 모두 일곱 개예요.
mo.du/il.gop/ge*.ye.yo
總共有七個。

A 그럼 세 개 주세요.
geu.ro*m/se/ge*/ju.se.yo
那請給我三個。

會話二

A 약은 하루에 몇 번 먹습니까?
ya.geun/ha.ru.e/myo*t/bo*n/mo*k.sseum.ni.ga
藥一天要吃幾次？

B 약은 하루 세 번, 식후 30 분 안에 복용하세요.
ya.geun/ha.ru/se/bo*n//si.ku/sam.sip.bun/a.ne/bo.gyong.ha.se.yo
藥一天吃三次，飯後三十分鐘內服用。

A 한 번에 몇 알씩 먹어야 합니까?
han/bo*.ne/myo*/dal.ssik/mo*.go*.ya/ham.ni.ga
一次要吃幾粒？

純韓語數字

一	二	三	四
하나 ha.na	둘 dul	셋 set	넷 net
五	六	七	八
다섯 da.so*t	여섯 yo*.so*t	일곱 il.gop	여덟 yo*.do*l
九	十	二十	三十
아홉 a.hop	열 yo*l	스물 seu.mul	서른 so*.reun
四十	五十	六十	七十
마흔 ma.heun	쉰 swin	예순 ye.sun	일흔 il.heun
八十	九十	九十九	百
여든 yo*.deun	아흔 a.heun	아흔아홉 a.heu.na.hop	백 be*k

＊純韓語數字只能數到 99「아흔아홉」，100 以後的數字都要使用漢字音數字。

例 열하나
yo*l.ha.na
十一

例 서른다섯
so*.reun.da.so*t
三十五

例 백일
be*.gil
一百零一

漢字音數字

一	二	三	四
일 il	이 i	삼 sam	사 sa
五	六	七	八
오 o	육 yuk	칠 chil	팔 pal
九	十	二十	三十
구 gu	십 sip	이십 i.sip	삼십 sam.sip
四十	五十	六十	七十
사십 sa.sip	오십 o.sip	육십 yuk.ssip	칠십 chil.sip
八十	九十	百	千
팔십 pal.ssip	구십 gu.sip	백 be*k	천 cho*n
萬	億	兆	零
만 man	억 o*k	조 jo	영 / 공 yo*ng / gong

量詞

～個	～名／個人	～位	～杯
개 ge*	명 myo*ng	분 bun	잔 jan
～隻	～張	～碗／器皿	～本
마리 ma.ri	장 jang	그릇 geu.reut	권 gwon
～支	～台	～歲	～瓶
자루 ja.ru	대 de*	살 sal	병 byo*ng
～棟	～棵／株	～束	～盒
채 che*	그루 geu.ru	다발 da.bal	갑 gap
～種	～杯	～件	～雙
가지 ga.ji	컵 ko*p	벌 bo*l	켤레 kyo*l.le

＊如果要表示人或物品的數量時，會使用純韓文數字。但하나（一）、둘（二）、셋（三）、넷（四）、스물（二十）後方接量詞時，會變成「한」、「두」、「세」、「네」、「스무」的形態。

相關例句

例 색 두 가지.
se*k/du/ga.ji
顏色兩種

例 물 세 컵.
mul/se/ko*p
水三杯

例 나무 다섯 그루.
na.mu/da.so*t/geu.ru
樹木五棵

例 펜 여덟 자루.
pen/yo*.do*l/ja.ru
筆八支

例 손님 세 분.
son.nim/se/bun
客人三位

例 담배 두 갑.
dam.be*/du/gap
香菸兩盒

例 사과 일곱 개.
sa.gwa/il.gop/ge*
蘋果七顆

例 술 열 잔.
sul/yo*l/jan
酒十杯

例 자동차 여섯 대.
ja.dong.cha/yo*.so*t/de*
車子六台

例 옷 한 벌.
o/tan/bo*l
衣服一件

語法說明 1

使用純韓語數字的場合：使用在時刻、年齡、時間、物品數量等。

會話一

A 책 몇 권쯤 살까요?
che*k/myo*t/gwon.jjeum/sal.ga.yo
要買幾本書呢？

B 네 권쯤 사요.
ne/gwon.jjeum/sa.yo
大概買四本。

會話二

A 보통 하루에 몇 시간 공부해요?
bo.tong/ha.ru.e/myo*t/si.gan/gong.bu.he*.yo
通常你一天會念書幾個小時？

B 하루에 두 시간 공부해요.
ha.ru.e/du/si.gan/gong.bu.he*.yo
一天會念兩個小時。

會話三

A 이제 몇 살이야?
i.je/myo*t/sa.ri.ya
你現在幾歲？

B 열다섯 살이에요.
yo*l.da.so*t/sa.ri.e.yo
我十五歲。

會話四

A 지금 몇 시예요?
ji.geum/myo*t/si.ye.yo
現在幾點？

B 오후 세 시예요.
o.hu/se/si.ye.yo
下午三點。

整點

一點	兩點	三點	四點
한 시 han/si	두 시 du/si	세 시 se/si	네 시 ne/si
五點	六點	七點	八點
다섯 시 da.so*/ si	여섯 시 yo*.so*/ si	일곱 시 il.gop/si	여덟 시 yo*.do*l/si
九點	十點	十一點	十二點
아홉 시 a.hop/si	열 시 yo*l/si	열한 시 yo*l.han/si	열두 시 yo*l.du/si

＊用韓語回答時間「幾點幾分」時，會同時使用到純韓文數字跟漢字音數字。純韓文數字接「시（點）」，漢字音數字接「분（分）」。

例 오전 열 시 삼십분.
o.jo*n/yo*l/si/sam.sip.bun
上午十點三十分。

例 오후 네 시 십팔분.
o.hu/ne/si/sip.pal.bun
下午四點十八分。

語法說明 2

使用漢字音數字的場合：使用在年、月、日、分、秒、金額、數學計算、電話號碼、重量、容積、距離、長度等。

會話一

A 오늘은 몇 월 며칠입니까?
o.neu.reun/myo*/dwol/myo*.chi.rim.ni.ga
今天幾月幾號？

B 칠월 사일입니다.
chi.rwol/sa.i.rim.ni.da
七月四號。

會話二

A 화장품 매장은 몇 층에 있습니까?
hwa.jang.pum/me*.jang.eun/myo*t/cheung.e/it.sseum.ni.ga
化妝品賣場在幾樓？

B 화장품 매장은 일층에 있습니다.
hwa.jang.pum/me*.jang.eun/il.cheung.e/it.sseum.ni.da
化妝品賣場在一樓。

會話三

A 전화번호는 몇 번입니까?
jo*n.hwa.bo*n.ho.neun/myo*t/bo*.nim.ni.ga
電話號碼幾號？

B 전화번호는 공구일팔의 일이삼의 사오육입니다.
jo*n.hwa.bo*n.ho.neun/gong.gu.il.pa.re/i.ri.sa.me/sa.o.yu.gim.ni.da
電話號碼是0918-123-456。

會話四

A 너 지금 몇 킬로야?
no*/ji.geum/myo*t/kil.lo.ya
你現在幾公斤？

B 오십 킬로야. 지금까지 오킬로 빠졌어.
o.sip/kil.lo.ya//ji.geum.ga.ji/o.kil.lo/ba.jo*.sso*
五十公斤，到目前為止瘦了五公斤。

2

代名詞篇

나는 여자야.
我是女生

나	我
na	

詞彙說明：第一人稱代名詞나（我），使用在跟晚輩、平輩或跟自己較親近的人說話時。

相關例句

例 나는 고등학생이에요.
na.neun/go.deung.hak.sse*ng.i.e.yo
我是高中生。

例 나는 여자야.
na.neun/yo*.ja.ya
我是女生。

例 내가 한 턱 낼게요.
ne*.ga/han/to*ng/ne*l.ge.yo
我請你吃飯。

例 내가 도와 줄까요?
ne*.ga/do.wa/jul.ga.yo
要我幫忙嗎？

例 상처를 받은 사람은 나야!
sang.cho*.reul/ba.deun/sa.ra.meun/na.ya
受傷的人是我！

語法說明 1

第一人稱代名詞「나」如果後面跟著主格助詞「가」時，會變成「내가」的形態。

例 내가 응원해 줄게요. 기운 내요.
ne*.ga/eung.won.he*/jul.ge.yo//gi.un/ne*.yo
我會為你加油的，打起精神來！

例 내가 정말 미안해. 사과할게.
ne*.ga/jo*ng.mal/mi.an.he*//sa.gwa.hal.ge
我真的很抱歉，我向你道歉。

語法說明 2

第一人稱代名詞「나」如果後面跟著助詞「의（的）」時，可以省略成「내」的形態。

會話一

A 이건 누구의 우산이에요?
i.go*n/nu.gu.e/u.sa.ni.e.yo
這是誰的雨傘？

B 내 우산이에요.
ne*/u.sa.ni.e.yo
是我的雨傘。

會話二

A 혹시 내 휴대폰 못 봤어?
hok.ssi/ne*/hyu.de*.pon/mot/bwa.sso*
你有看到我的手機嗎？

B 못 봤는데 휴대폰 잃어버렸어?
mot/bwan.neun.de/hyu.de*.pon/i.ro*.bo*.ryo*.sso*
沒看到，你手機弄丟了？

語法說明 3

第一人稱代名詞「나」如果後面跟著補助詞「는」時，可以省略為「난」的形態。

例 난 기타를 정말 잘 친다.
nan/gi.ta.reul/jjo*ng.mal/jjal/chin.da
我真的很會彈吉他。

例 난 네가 필요해.
nan/ni.ga/pi.ryo.he*
我需要你。

語法說明 4

第一人稱代名詞「나」如果後面跟著目的格助詞「를」時，可以省略為「날」的形態。

例 날 잊지 말아요.
nal/it.jji/ma.ra.yo
不要忘了我。

例 제발 날 좀 도와 줘.
je.bal/nal/jjom/do.wa/jwo
拜託幫幫我。

저는 변호사입니다.
我是律師

저	我
jo*	

詞彙說明：第一人稱代名詞저（我），使用在跟長輩、上司或比自己身分地位還高的人說話時。

相關例句

例 저는 변호사입니다.
jo*.neun/byo*n.ho.sa.im.ni.da
我是律師。

例 저는 회사원이에요.
jo*.neun/hwe.sa.wo.ni.e.yo
我是公司員工。

例 제가 열심히 하겠습니다.
je.ga/yo*l.sim.hi/ha.get.sseum.ni.da
我會認真努力的。

例 제가 어떻게 하면 좋을까요?
je.ga/o*.do*.ke/ha.myo*n/jo.eul.ga.yo
我該怎麼做才好？

例 수학을 가르치는 사람이 바로 접니다.
su.ha.geul/ga.reu.chi.neun/sa.ra.mi/ba.ro/jo*m.ni.da
教數學的人正是我。

●track 048

語法說明 1

第一人稱代名詞「저」如果後面跟著主格助詞「가」時，會變成「제가」的形態。

例 가방 많이 무겁죠? 제가 도와 드리겠습니다.

ga.bang/ma.ni/mu.go*p.jjyo//je.ga/do.wa/deu.ri.get.sseum.ni.da

包包很重吧？我來幫您拿。

例 실례합니다. 제가 길을 잃었는데요.

sil.lye.ham.ni.da//je.ga/gi.reul/i.ro*n.neun.de.yo

不好意思，我迷路了。

語法說明 2

第一人稱代名詞「저」如果後面跟著助詞「의（的）」時，可以省略成「제」的形態。

會話一

A 저기 서 있는 분이 누구예요?

jo*.gi/so*/in.neun/bu.ni/nu.gu.ye.yo

站在那裡的人是誰？

B 제 형입니다.

je/hyo*ng.im.ni.da

是我哥哥。

會話二

A 부디 제 사과를 받아 주세요.

bu.di/je/sa.gwa.reul/ba.da/ju.se.yo

請務必接受我的道歉。

B 이번에는 널 용서할 수 없어.
i.bo*.ne.neun/no*l/yong.so*.hal/ssu/o*p.sso*
這次我無法原諒你。

語法說明 3

第一人稱代名詞「저」如果後面跟著補助詞「는」時，可以省略為「전」的形態。

例 전 그런 사람이 아닙니다.
jo*n/geu.ro*n/sa.ra.mi/a.nim.ni.da
我不是那種人。

例 전 이미 결혼했습니다.
jo*n/i.mi/gyo*l.hon.he*t.sseum.ni.da
我已經結婚了。

語法說明 4

第一人稱代名詞「저」如果後面跟著目的格助詞「를」時，可以省略為「절」的形態。

例 절 살려 주세요! 죽고 싶지 않아요.
jo*l/sal.lyo*/ju.se.yo//juk.go/sip.jji/a.na.yo
救救我！我不想死。

例 이기적인 저를 용서하세요.
i.gi.jo*.gin/jo*.reul/yong.so*.ha.se.yo
請原諒自私的我。

넌 언제 왔어?
你什麼時候來的？

너	你
no*	

詞彙說明：第二人稱代名詞너（你），使用在對晚輩、小孩子、平輩或跟自己較親近的人說話時。在韓語會話中，第二人稱代名詞「你」經常被省略掉。

會話一

A 넌 언제 왔어?
no*n/o*n.je/wa.sso*
你什麼時候來的？

B 아까 왔어.
a.ga/wa.sso*
剛剛來的。

A 일찍 일어났구나.
il.jjik/i.ro*.nat.gu.na
你很早起床呢！

會話二

A 넌 왜 공부 안 하고 TV만 보니?
no*n/we*/gong.bu/an/ha.go/tv.man/bo.ni
你為什麼不念書一直在看電視？

B 기말고사 다 끝났거든.
gi.mal.go.sa/da/geun.nat.go*.deun
期末考都結束了。

語法說明 1

第二人稱代名詞「너」如果後面跟著主格助詞「가」時，會變成「네가」的形態。但發音時，要念成「니가」。

例 네가 원하는 게 뭐야?
ni.ga/won.ha.neun/ge/mwo.ya
你想要的是什麼？

例 네가 고르는 게 좋을 것 같아.
ni.ga/go.reu.neun/ge/jo.eul/go*t/ga.ta
你來挑比較妥當。

語法說明 2

第二人稱代名詞「너」如果後面跟著助詞「의（的）」時，可以省略成「네」的形態。但發音時，要念成「니」。

會話一

A 누구야? 네 애인이야?
nu.gu.ya//ni/e*.i.ni.ya
是誰啊？你的愛人？

B 그냥 친한 동생이야.
geu.nyang/chin.han/dong.se*ng.i.ya
只是很熟的妹妹。

會話二

A 이 모자는 누구 거? 네 거야?
i/mo.ja.neun/nu.gu/go*//ni/go*.ya
這頂帽子是誰的？你的嗎？

B 그건 내 거 아닌데.

geu.go*n/ne*/go*/a.nin.de

那不是我的。

語法說明 3

第二人稱代名詞「너」如果後面跟著補助詞「는」時，可以省略為「넌」的形態。

例 넌 언제 갈거니?

no*n/o*n.je/gal.go*.ni

你什麼時候要去？

例 넌 진짜 나쁜 놈이야.

no*n/jin.jja/na.beun/no.mi.ya

你真是渾蛋。

語法說明 4

第二人稱代名詞「너」如果後面跟著目的格助詞「를」時，可以省略為「널」的形態。

例 널 사랑하면 안 될까?

no*l/sa.rang.ha.myo*n/an/dwel.ga

我不可以愛你嗎？

例 널 안아보고 싶어.

no*l/a.na.bo.go/si.po*

我想抱抱你。

선준 씨, 점심 먹었어요?
善俊先生，你吃午餐了嗎？

～씨	先生／小姐
ssi	

詞彙說明：「씨」是接尾詞，接在對方的名字後方，用來取代「你」這個字，表示尊敬。不分男女，接在男性名字後方表示「某某先生」，接在女性名字後方表示「某某小姐」。大多使用在職場上。

會話一

A 채영 씨, 혹시 지금 시간 되세요?
che*.yo*ng/ssi//hok.ssi/ji.geum/si.gan/dwe.se.yo
彩英小姐，你現在方便嗎？

B 네, 무슨 일이시죠?
ne//mu.seun/i.ri.si.jyo
方便，您有什麼事？

會話二

A 저 사람은 준영 씨입니까?
jo*/sa.ra.meun/ju.nyo*ng/ssi.im.ni.ga
那個人是俊英先生嗎？

B 그렇습니다.
geu.ro*.sseum.ni.da
沒錯。

 •track 054

會話三

A 선준 씨, 점심 먹었어요?
so*n.jun/ssi//jo*m.sim/mo*.go*.sso*.yo
善俊先生，你吃午餐了嗎？

B 아직 안 먹었어요.
a.jik/an/mo*.go*.sso*.yo
我還沒吃。

A 그럼 같이 먹어요.
geu.ro*m/ga.chi/mo*.go*.yo
那我們一起吃吧。

相關例句

例 동준 씨는 한국에서 왔습니까?
dong.jun/ssi.neun/han.gu.ge.so*/wat.sseum.ni.ga
東俊先生你是從韓國來的嗎？

例 나정 씨는 운동을 좋아해요?
na.jo*ng/ssi.neun/un.dong.eul/jjo.a.he*.yo
娜靜小姐你喜歡運動嗎？

例 민희 씨, 잠깐 얘기 좀 하죠.
min.hi/ssi//jam.gan/ye*.gi/jom/ha.jyo
敏熙小姐，我們聊聊吧。

例 동규 씨, 안녕하세요. 휴가 잘 보내셨나요?
dong.gyu/ssi//an.nyo*ng.ha.se.yo//hyu.ga/jal/bo.ne*.syo*n.na.yo
東奎先生，你好。休假期間過得好嗎？

語法說明 1

在職場上，一般會稱呼對方的職位，在對方的職稱後方接上接尾詞「님」，表示尊敬。「님」的尊敬程度比「씨」更高。

例 부장님, 식사하셨어요?
bu.jang.nim//sik.ssa.ha.syo*.sso*.yo
部長，您用餐了嗎？

例 사장님, 회의 전에 이걸 먼저 보셔야 합니다.
sa.jang.nim//hwe.ui/jo*.ne/i.go*l/mo*n.jo*/bo.syo*.ya/ham.ni.da
社長，開會前您先看看這個。

語法說明 2

在學校或職場中，跟前輩談話時，必須用「선배」來稱呼對方。更尊敬的用法為「선배님」。

例 선배는 졸업하면 뭐 할 생각이에요?
so*n.be*.neun/jo.ro*.pa.myo*n/mwo/hal/sse*ng.ga.gi.e.yo
前輩，你畢業後打算做什麼呢？

例 선배님, 앞으로 많이 가르쳐 주세요.
so*n.be*.nim//a.peu.ro/ma.ni/ga.reu.cho*/ju.se.yo
前輩，以後請您多多指導我。

語法說明 3

女性在對跟自己關係較親近的年長男性說話時，韓國人一般會以「오빠（哥哥）」來稱呼對方，即使不是自己的親哥哥也可以如此稱呼。情侶之間也可以使用。

例 오빠, 오늘은 일 없어요?
o.ba//o.neu.reun/il/o*p.sso*.yo
哥，你今天不用工作？

例 내가 오빠 많이 사랑하는 거 알지?
ne*.ga/o.ba/ma.ni/sa.rang.ha.neun/go*/al.jji
你知道我很愛哥哥你吧？

語法說明 4

女性在對跟自己關係較親近的年長女性説話時，韓國人一般會以「언니（姊姊）」來稱呼對方，即使不是自己的親姊姊也可以如此稱呼。

例 언니, 거기서 뭐 해?
o*n.ni//go*.gi.so*/mwo/he*
姊，你在那裡做什麼？

例 이거 언니 거예요. 가져 가요.
i.go*/o*n.ni/go*.ye.yo//ga.jo*/ga.yo
這是姊姊你的，拿走吧。

語法說明 5

男性在對跟自己關係較親近的年長女性説話時，一般會以「누나（姊姊）」來稱呼對方，即使不是自己的親姊姊也可以如此稱呼。情侶之間也可以使用。

例 누나, 지금 어디야? 왜 아직 안 와?
nu.na//ji.geum/o*.di.ya//we*/a.jik/an/wa
姊，你在哪裡？怎麼還不來？

例 누나, 우리 결혼하자!
nu.na//u.ri/gyo*l.hon.ha.ja
姊，我們結婚吧！

語法說明 6

男性在對跟自己關係較親近的年長男性說話時，一般會以「형（哥哥）」來稱呼對方，即使不是自己的親哥哥也可以如此稱呼。

例 형, 대체 어디 갔었어요?
hyo*ng//de*.che/o*.di/ga.sso*.sso*.yo
哥，你到底去了哪裡？

例 형! 제발 한 번만 봐 주세요.
hyo*ng//je.bal/han/bo*n.man/bwa/ju.se.yo
哥，就請饒過我這次吧！

語法說明 7

在跟同輩、好朋友、弟弟妹妹、晚輩說話時，也可以用對方的名字來稱呼對方。對方的「名字」＋「아/야」，名字的最後一個字有尾音接「아」，名字的最後一個字沒有尾音接「야」。這是韓語「半語」的用法，就是非敬語用法，所以千萬不可以使用在長輩身上喔！

會話一

A 민정아, 얼른 내려와. 밥 먹어.
min.jo*ng.a,/o*l.leun/ne*.ryo*.wa./bam/mo*.go*
敏靜，快點下樓，吃飯了！

B 친구랑 통화 중이야. 이따가 먹을게.
chin.gu.rang/tong.hwa/jung.i.ya//i.da.ga/mo*.geul.ge
我在跟朋友講電話，等一下吃。

會話二

A 상우야. 우리 노래방 가자!
sang.u.ya//u.ri/no.re*.bang/ga.ja
尚禹，我們去唱歌吧！

B 나 내일 시험 있어. 다음에 가자.
na/ne*.il/si.ho*m/i.sso*//da.eu.me/ga.ja
我明天有考試，下次去吧。

會話三

A 친구야, 오랜만이다. 감기는 다 나았어?
chin.gu.ya//o.re*n.ma.ni.da//gam.gi.neun/da/na.a.sso*
朋友，好久不見！你感冒都好了嗎？

B 응, 다 나았어.
eung//da/na.a.sso*
恩，都好了。

당신 지금 어디예요?

你在哪裡？

당신	你
dang.sin	

詞彙說明：第二人稱代名詞「당신」在實際的口語會話中，很少被使用，당신可被使用的場合相當有限。通常只使用在歌詞、廣告用語、夫妻之間或吵架的對象等。

會話一

A 당신 지금 어디예요?
dang.sin/ji.geum/o*.di.ye.yo
你在哪裡？

B 사무실이야. 왜?
sa.mu.si.ri.ya//we*
在辦公室，怎麼了？

A 집에 손님이 오셨어요. 언제 들어와요?
ji.be/son.ni.mi/o.syo*.sso*.yo//o*n.je/deu.ro*.wa.yo
家裡來客人了，你什麼時候回來？

會話二

A 무슨 운전을 이따위로 하는 거야? 창문 내려봐 봐!
mu.seun/un.jo*.neul/i.da.wi.ro/ha.neun/go*.ya//
chang.mun/ne*.ryo*.bwa/bwa
你是怎麼開車的？快把窗戶搖下來。

B 죄송합니다. 아니 근데 당신 왜 나한테 반말하는 거예요?

jwe.song.ham.ni.da//a.ni/geun.de/dang.sin/we*/na.han.te/ban.mal.ha.neun/go*.ye.yo

對不起，可是你怎麼對我說半語？

語法說明 1

夫妻之間可以稱呼彼此「여보」，就是「老公、老婆」的意思。

例 여보, 그러지 말고 화 좀 풀어. 응?

yo*.bo//geu.ro*.ji/mal.go/hwa/jom/pu.ro*//eung

老婆，不要這樣別生氣了，好嗎？

例 "여보, 이거 봤어요? " "뭘요?"

yo*.bo//i.go*/bwa.sso*.yo//mwo.ryo

「老公，這個你看了嗎？」「看什麼？」

語法說明 2

「자기」可以翻譯成「親愛的」。常用於年輕男女朋友之間。

例 자기야, 사랑해.

ja.gi.ya//sa.rang.he*

親愛的，我愛你！

例 자기 오늘 뭐 해? 나랑 놀자.

ja.gi/o.neul/mwo/he*//na.rang/nol.ja

親愛的你今天要做什麼？陪我玩吧！

우리 결혼했어요.
我們結婚了

우리	我們
u.ri	

詞彙說明：「우리」爲第一人稱複數，表示「我們」。

相關例句

例 우리 결혼했어요.
u.ri/gyo*l.hon.he*.sso*.yo
我們結婚了。

例 우리는 대학생입니다.
u.ri.neun/de*.hak.sse*ng.im.ni.da
我們是大學生。

例 우리 초밥 먹으러 갈까?
u.ri/cho.bam/mo*.geu.ro*/gal.ga
我們去吃生魚片壽司吧？

例 우리 다시 만날 수 있죠?
u.ri/da.si/man.nal/ssu/it.jjyo
我們還會再見吧？

例 우리 좋은 친구가 되었으면 합니다.
u.ri/jo.eun/chin.gu.ga/dwe.o*.sseu.myo*n/ham.ni.da
希望我們能成為好朋友。

●track 062

語法說明 1

「우리」經常取代「나（我）」表示自己所屬的團體、家族。

例 우리 집은 식구가 많습니다.
u.ri/ji.beun/sik.gu.ga/man.sseum.ni.da
我家人口很多。

例 우리 오빠도 범띠예요. 저보다 두 살 더 많죠?
u.ri/o.ba.do/bo*m.di.ye.yo//jo*.bo.da/du/sal/do*/man.chyo
我哥也屬虎呢！你比我大兩歲對吧？

例 우리 사장님은 아주 까다로운 분이세요.
u.ri/sa.jang.ni.meun/a.ju/ga.da.ro.un/bu.ni.se.yo
我們社長是很挑剔的人。

例 우리 가족은 엄마, 아빠, 오빠, 여동생 그리고 나, 모두 5명이에요.
u.ri/ga.jo.geun/o*m.ma//a.ba//o.ba//yo*.dong.se*ng/geu.ri.go/na//mo.du/da.so*n.myo*ng.i.e.yo
我的家人有媽媽、爸爸、哥哥、妹妹還有我，總共五個人。

語法說明 2

「저희（我們）」是「저」的複數。是比「우리」更謙虛的用語。

例 저희 가게는 신용카드를 받지 않습니다.
jo*.hi/ga.ge.neun/si.nyong.ka.deu.reul/bat.jji/an.sseum.ni.da
本店不收信用卡。

例 저희는 분명히 최선을 다 했습니다.
jo*.hi.neun/bun.myo*ng.hi/chwe.so*.neul/da/he*t.sseum.ni.da
我們確實已經盡力了。

例 이렇게 저희에게 많은 도움을 주셔서 감사합니다.
i.ro*.ke/jo*.hi.e.ge/ma.neun/do.u.meul/jju.syo*.so*/gam.sa.ham.ni.da
謝謝您給了我們這麼多幫助。

너희들, 학교 안 가?
你們不去上學嗎？

너희	你們
no*.hi	

詞彙說明：「너희」爲第二人稱複數，表示「你們」。使用「너희」時，說話者的年齡或身分地位必須比聽話者大，或是朋友之間的關係，並非敬語用法，不可對長輩或上司使用。

會話一

A 너희들, 학교 안 가?
no*.hi.deul//hak.gyo/an/ga
你們不去上學嗎？

A 이 시간에 왜 아직 여기 있어?
i/si.ga.ne/we*/a.jik/yo*.gi/i.sso*
怎麼這個時間還在這裡？

B 오늘 학교 수업이 없어요.
o.neul/hak.gyo/su.o*.bi/o*p.sso*.yo
今天學校沒有課。

會話二

A 누나, 이거 좀 먹어 봐요.
nu.na//i.go*/jom/mo*.go*/bwa.yo
姊，你吃看看這個。

B 와, 맛있겠다. 너희들이 만든 거야?
wa//ma.sit.get.da//no*.hi.deu.ri/man.deun/go*.ya
哇！看起來好好吃，是你們做的嗎？

B 고마워. 잘 먹을게.
go.ma.wo//jal/mo*.geul.ge
謝謝！我會好好享用的。

相關例句

例 야! 여기는 너희들의 놀이터가 아니다.
ya//yo*.gi.neun/no*.hi.deu.rui/no.ri.to*.ga/a.ni.da
喂！這裡不是你們的遊樂場。

例 너희 둘 중에서 누가 나이가 위냐?
no*.hi/dul/jung.e.so*/nu.ga/na.i.ga/wi.nya
你們兩個是誰年紀比較大？

語法說明

第二人稱代名詞「자네（你）」使用範圍較小。一般使用在中年年紀以上的男性之間、長輩對較親近的晚輩、岳父岳母對女婿、上司對較親近的下屬等。年輕人之間不會使用。

會 話

A 저 다녀왔습니다.
jo*/da.nyo*.wat.sseum.ni.da
我回來了。

B 그래. 잘 다녀왔네. 자네도 잘 지냈나?
geu.re*//jal/da.nyo*.wan.ne//ja.ne.do/jal/jji.ne*n.na
恩，回來就好。你也過得好嗎？

그는 완벽주의자다.
他是完美主義者

그	他
geu	

詞彙說明：「그」爲第三人稱代名詞，表示「他」。一般的口語會話中並不使用。「그」主要出現在報章雜誌、書籍、小說之中。「그녀」是女性的「她」。

相關例句

例 그는 완벽주의자다.
geu.neun/wan.byo*k.jju.ui.ja.da
他是完美主義者。

例 그는 찬성하지 않았다.
geu.neun/chan.so*ng.ha.ji/a.nat.da
他並未贊成。

例 나는 그를 진심으로 사랑하는가?
na.neun/geu.reul/jjin.si.meu.ro/sa.rang.ha.neun.ga
我是真心愛他的嗎？

例 그녀를 처음 만난 날.
geu.nyo*.reul/cho*.eum/man.nan/nal
第一次見到她的那一天。

例 그녀는 천사다.
geu.nyo*.neun/cho*n.sa.da
她是天使。

語法說明 1

在口語會話中，若要提及「他」。可使用「그 사람（那個人）」。

會 話

A 그 사람이 누구예요?

geu/sa.ra.mi/nu.gu.ye.yo

那個人是誰？

B 나도 몰라요.

na.do/mol.la.yo

我也不知道。

語法說明 2

「그분」是그 사람的敬語。可翻譯成「那位」。

會 話

A 그분이 누구세요?

geu.bu.ni/nu.gu.se.yo

那位是誰？

B 우리 회사 이사장이십니다.

u.ri/hwe.sa/i.sa.jang.i.sim.ni.da

是我們公司的理事長。

語法說明 3

在口語會話中，若要提及「她」。可使用「그 여자（那個女生）」。

會 話

Ⓐ 그 여자는 누구야? 너무 예쁘지 않냐?

geu/yo*.ja.neun/nu.gu.ya//no*.mu/ye.beu.ji/an.nya

那個女生是誰？你不覺得很美嗎？

Ⓑ 민석 오빠의 동생이야. 왜? 관심 있어?

min.so*k/o.ba.e/dong.se*ng.i.ya//we*//gwan.sim/i.sso*

是民碩哥的妹妹。怎麼？你有興趣？

Ⓐ 관심 있으면 안 되냐?

gwan.sim/i.sseu.myo*n/an/dwe.nya

我不能有興趣嗎？

이 아이는 누구야?
這孩子是誰？

이	這
i	

詞彙說明：指示代名詞「이」為近稱，接在名詞前方，用來指示離說話者很近的人或物。

相關例句

例 이 아이는 누구야?
i/a.i.neun/nu.gu.ya
這孩子是誰？

例 이 사과는 답니까?
i/sa.gwa.neun/dam.ni.ga
這顆蘋果甜嗎？

例 이 그래프는 누가 만들었어요?
i/geu.re*.peu.neun/nu.ga/man.deu.ro*.sso*.yo
這個圖表是誰做的？

例 이 스타일이 예뻐서 좋아해요.
i/seu.ta.i.ri/ye.bo*.so*/jo.a.he*.yo
這個樣式很漂亮，我很喜歡。

例 이 마스카라를 좀 발라 봐도 돼요?
i/ma.seu.ka.ra.reul/jjom/bal.la/bwa.do/dwe*.yo
我可以試擦這個睫毛膏嗎？

語法說明

代名詞「이것」用來指近處的事物。可以翻譯成「這個」。

例 이것은 무엇입니까?
i.go*.seun/mu.o*.sim.ni.ga
這是什麼？

例 이것이 마술이다.
i.go*.si/ma.su.ri.da
這是魔術。

※代名詞「이것」的縮寫用法

이것	+	主格助詞	이	=	이게
이것	+	補助詞	은	=	이건
이것	+	目的格助詞	을	=	이걸
이것	+	助詞	으로	=	이걸로

例 이게 내 전화 번호예요. 이 번호로 연락해요.
i.ge/ne*/jo*n.hwa/bo*n.ho.ye.yo//i/bo*n.ho.ro/yo*l.la.ke*.yo
這是我的電話號碼，用這個號碼跟我聯絡吧。

例 이건 내 입맛에 안 맞아요.
i.go*n/ne*/im.ma.se/an/ma.ja.yo
這個不合我的口味。

例 이걸 간장에 찍어 먹으면 맛있어요.
i.go*l/gan.jang.e/jji.go*/mo*.geu.myo*n/ma.si.sso*.yo
把這個沾醬油吃，會很好吃。

그 안경은 누구 거예요?
那副眼鏡是誰的？

그	那
geu	

詞彙說明：指示代名詞「그」爲中稱，接在名詞前方，用來指示離聽話者較近的事物，或說話者聽話者雙方心裡都知道的事物。

相關例句

例 그 안경은 누구 거예요?
geu/an.gyo*ng.eun/nu.gu/go*.ye.yo
那副眼鏡是誰的？

例 그 사람도 여기에 올 거야.
geu/sa.ram.do/yo*.gi.e/ol/go*.ya
那個人也會來這裡。

例 그 동물은 너무 귀엽다.
geu/dong.mu.reun/no*.mu/gwi.yo*p.da
那隻動物太可愛了。

例 아직까지 그 일을 못 잊는 거야?
a.jik.ga.ji/geu/i.reul/mo/din.neun/go*.ya
你到現在仍忘不了那件事嗎？

例 그 아르바이트생은 부지런하고 성실합니다.
geu/a.reu.ba.i.teu.se*ng.eun/bu.ji.ro*n.ha.go/so*ng.sil.ham.ni.da
那位工讀生又勤勞又老實。

語法說明

代名詞「그것」用來指離聽話者較近的事物，或話者跟聽者都知道的事物。可以翻譯成「那個」。

例 그것이 새로 나온 전자사전이다.
geu.go*.si/se*.ro/na.on/jo*n.ja.sa.jo*.ni.da
那是新上市的電子辭典。

例 그것은 기적이에요.
geu.go*.seun/gi.jo*.gi.e.yo
那是奇蹟。

※代名詞「그것」的縮寫用法

그것 + 主格助詞 이 = 그게
그것 + 補助詞 은 = 그건
그것 + 目的格助詞 을 = 그걸
그것 + 助詞 으로 = 그걸로

例 그게 무슨 뜻이에요?
geu.ge/mu.seun/deu.si.e.yo
那是什麼意思？

例 그건 카메라예요.
geu.go*n/ka.me.ra.ye.yo
那是相機。

例 그걸 어떻게 믿을 수 있지?
geu.go*l/o*.do*.ke/mi.deul/ssu/it.jji
那個要怎麼相信？

例 카페인 없는 차가 있으면 그걸로 주세요.
ka.pe.in/o*m.neun/cha.ga/i.sseu.myo*n/geu.go*l.lo/ju.se.yo
如果有無咖啡因的茶，就給我那個吧。

저 건축물은 뭐예요?
那棟建築物是什麼？

저	那（較遠）
jo*	

詞彙說明：指示代名詞「저」為遠稱，接在名詞前方，用來指示的事物離說話者、聽話者都遠。

相關例句

例 저 건축물은 뭐예요?
jo*/go*n.chung.mu.reun/mwo.ye.yo
那棟建築物是什麼？

例 저 사람들이 부러웠어요.
jo*/sa.ram.deu.ri/bu.ro*.wo.sso*.yo
我羨慕那些人。

例 저 사람이 심장병 환자가 아닙니다.
jo*/sa.ra.mi/sim.jang.byo*ng/hwan.ja.ga/a.nim.ni.da
那個人不是心臟病患者。

例 저 건물 앞에서 세워 주세요.
jo*/go*n.mul/a.pe.so*/se.wo/ju.se.yo
請在那棟建築物前停車。

例 저 카페에서 커피 마시면서 쉴까요?
jo*/ka.pe.e.so*/ko*.pi/ma.si.myo*n.so*/swil.ga.yo
我們在那間咖啡廳邊喝咖啡邊休息好嗎？

語法說明

代名詞「저것」用來指遠方的事物。可以翻譯成「那個」。

例 저것이 신호등이다.
jo*.go*.si/sin.ho.deung.i.da
那是紅綠燈。

例 저것을 버리고 이것을 써라.
jo*.go*.seul/bo*.ri.go/i.go*.seul/sso*.ra
把那個丟掉，用這個吧。

※代名詞「저것」的縮寫用法

저것 + 主格助詞 이 = 저게
저것 + 補助詞 은 = 저건
저것 + 目的格助詞 을 = 저걸
저것 + 助詞 으로 = 저걸로

例 저게 눈이야?
jo*.ge/nu.ni.ya
那是雪嗎？

例 저건 새야?
jo*.go*n/se*.ya
那個是鳥嗎？

例 어떻게 저걸 모를 수 있지?
o*.do*.ke/jo*.go*l/mo.reul/ssu/it.jji
你怎麼會不知道那個？

여기에 앉아요.
請坐這裡

여기	這裡
yo*.gi	

詞彙說明：指示處所的代名詞「여기」爲近稱，表示該處所、地點離說話者較近。

相關例句

例 여기에 앉아요.
yo*.gi.e/an.ja.yo
請坐這裡。

例 여기는 시끄럽고 복잡해요.
yo*.gi.neun/si.geu.ro*p.go/bok.jja.pe*.yo
這裡又吵鬧又壅塞。

※代名詞「여기」的縮寫用法

여기	+	補助詞	는	=	여긴
여기	+	目的格助詞	를	=	여길

例 여긴 VIP회원만 들어가실 수 있습니다.
yo*.gin/vip.hwe.won.man/deu.ro*.ga.sil/su/it.sseum.ni.da
這裡只有VIP會員才可以進去。

例 여길 보십시오.
yo*.gil/bo.sip.ssi.o
請看這裡。

거기는 날씨가 어때요?
你那邊的天氣怎麼樣？

거기	那裡
go*.gi	

詞彙說明：指示處所的代名詞「거기」爲中稱，表示該處所離聽話者較近。

相關例句

例 거기는 날씨가 어때요?
go*.gi.neun/nal.ssi.ga/o*.de*.yo
你那邊的天氣怎麼樣？

例 거기서 야경을 볼 수 있습니다.
go*.gi.so*/ya.gyo*ng.eul/bol/su/it.sseum.ni.da
那裡可以看得到夜景。

※代名詞「거기」的縮寫用法

거기	+	補助詞	는	=	거긴
거기	+	目的格助詞	를	=	거길

例 여긴 날씨가 추운데 거긴 어때?
yo*.gin/nal.ssi.ga/chu.un.de/go*.gin/o*.de*
這裡天氣很冷，你那邊呢？

例 거길 왜 들어가?
go*.gil/we*/deu.ro*.ga
為什麼要進去那裡？

저기가 기차역이에요.
那裡是火車站

저기	那裡（較遠）
jo*.gi	
詞彙說明：指示處所的代名詞「저기」為遠稱，表示該處所離說話者、聽話者都遠。	

相關例句

例 저기가 기차역이에요.
jo*.gi.ga/gi.cha.yo*.gi.e.yo
那裡是火車站。

例 저기 분수가 있네요.
o*.gi/bun.su.ga/in.ne.yo
那裡有噴水池呢！

※代名詞「저기」的縮寫用法

저기	+	補助詞	는	=	저긴
저기	+	目的格助詞	를	=	저길

例 저긴 어디예요?
jo*.gin/o*.di.ye.yo
那邊是哪裡？

例 저길 봐! 무지개야! 예쁘다.
jo*.gil/bwa//mu.ji.ge*.ya//ye.beu.da
你看那裡！是彩虹耶！好美！

언제 자주 집 타다 맛있다

음식 교통 빨리 씨 걸다

맛있다 좋다 무엇 처음 그런데

3

副詞篇

지금 뭐 하고 있어요?
你現在在做什麼？

지금	現在
ji.geum	
詞彙說明：表示說話者說話當下的時間點。	

會 話

A 지금 뭐 하고 있어요?
ji.geum/mwo/ha.go/i.sso*.yo
你現在在做什麼？

B 영화를 보고 있어요.
yo*ng.hwa.reul/bo.go/i.sso*.yo
我在看電影。

相關例句

例 죄송합니다. 지금 회의 중입니다.
jwe.song.ham.ni.da//ji.geum/hwe.ui/jung.im.ni.da
對不起，現在在開會。

例 저는 지금 학교 기숙사에서 살고 있습니다.
jo*.neun/ji.geum/hak.gyo/gi.suk.ssa.e.so*/sal.go/it.sseum.ni.da
我現在住在學校宿舍。

例 지금 쉬는 시간이야. 커피 마실래?
ji.geum/swi.neun/si.ga.ni.ya//ko*.pi/ma.sil.le*
現在是休息時間，要不要喝咖啡？

이제 그만 화 풀어.
你別再生氣了

이제	現在
i.je	

詞彙說明：表示「現在」。語感上，帶有與過去切割的意思。中文可以翻譯成「現在」或「從現在起…」。

會話

A 이제 그만 화 풀어. 응? 미안해.
i.je/geu.man/hwa/pu.ro*//eung//mi.an.he*
你現在別再生氣了，好嗎？對不起！

B 미안하면 밥 사라.
mi.an.ha.myo*n/bap/sa.ra
知道抱歉的話，就請吃飯吧！

相關例句

例 이제 어떻게 하나요?
i.je/o*.do*.ke/ha.na.yo
現在該怎麼做呢？

例 이제부터 수업을 시작하겠습니다.
i.je.bu.to*/su.o*.beul/ssi.ja.ka.get.sseum.ni.da
現在開始上課。

例 이제 다시는 울지 않을 겁니다.
i.je/da.si.neun/ul.ji/a.neul/go*m.ni.da
現在起我不會再哭了。

요즘 잘 지내고 있어요?
最近過的好嗎？

요즘	最近
yo.jeum	

詞彙說明：爲「요즈음」的略語。表示從不久之前到現在爲止的這段時間。

會話

A 요즘 잘 지내고 있어요?
yo.jeum/jal/jji.ne*.go/i.sso*.yo
最近過的好嗎？

B 덕분에 잘 지내고 있어요.
do*k.bu.ne/jal/jji.ne*.go/i.sso*.yo
託你的福，我過得很好。

相關例句

例 요즘 한국어를 배우는데 재미있어요.
yo.jeum/han.gu.go*.reul/be*.u.neun.de/je*.mi.i.sso*.yo
我最近在學韓語很有意思。

例 저는 요즘 식욕이 없습니다.
jo*.neun/yo.jeum/si.gyo.gi/o*p.sseum.ni.da
我最近沒有食慾。

例 요즘 일 때문에 너무 정신이 없어요.
yo.jeum/il/de*.mu.ne/no*.mu/jo*ng.si.ni/o*p.sso*.yo
最近因為工作忙得不得了。

조금 이따가 나가 봐야 해.
我待會要出門

이따가	待會
i.da.ga	
詞彙說明：表示「一小段時間之後」。中文可以翻成「過一會」、「待會」。	

會 話

A 나 슈퍼 가는데 같이 갈래?
na/syu.po*/ga.neun.de/ga.chi/gal.le*
我要去超市，你要一起去嗎？

B 미안, 나 조금 이따가 나가 봐야 해.
mi.an//na/jo.geum/i.da.ga/na.ga/bwa.ya/he*
抱歉，我待會要出門。

相關例句

例 "이따가 올 거지?" "어. 이따가 갈게."
i.da.ga/ol/go*.ji//o*//i.da.ga/gal.ge
「你等一下會來吧？」「恩，我等一下會去。」

例 이따가 얘기하자.
i.da.ga/ye*.gi.ha.ja
我們待會再聊吧。

例 이따가 다시 전화 하겠습니다.
i.da.ga/da.si/jo*n.hwa/ha.get.sseum.ni.da
待會我再打電話。

난 아까부터 여기 있었거든.
我從剛才就在這裡了

아까	剛才
a.ga	
詞彙說明：表示一小段時間之前。中文可以翻成「剛剛」、「剛才」。	

會 話

A 어머, 너 여기 있었어? 깜짝 놀랐잖아.
o*.mo*//no*/yo*.gi/i.sso*.sso*//gam.jjak/nol.lat.jja.na
哎呀！你在這裡啊？嚇我一跳！

B 난 아까부터 여기 있었거든.
nan/a.ga.bu.to*/yo*.gi/i.sso*t.go*.deun
我從剛才就在這裡了好嗎？

相關例句

例 아까 길에서 친구를 만나서 좀 늦었어요.
a.ga/gi.re.so*/chin.gu.reul/man.na.so*/jom/neu.jo*.sso*.yo
我剛剛在路上遇到朋友，所以來得有點晚。

例 아까 간식을 너무 많이 먹어서 배불러요.
a.ga/gan.si.geul/no*.mu/ma.ni/mo*.go*.so*/be*.bul.lo*.yo
剛才吃太多零食，吃飽了。

例 아까 너랑 얘기한 남자는 누구야?
a.ga/no*.rang/ye*.gi.han/nam.ja.neun/nu.gu.ya
剛才跟你說話的男生是誰？

나도 방금 도착했다.
我也剛到

방금	剛剛
bang.geum	

詞彙說明：比說話者說話的當下，再早一點的時間點。中文可以翻成「剛剛」、「剛才」。

會話

A 미안, 내가 좀 늦었지? 많이 기다렸어?
mi.an//ne*.ga/jom/neu.jo*t.jji//ma.ni/gi.da.ryo*.sso*
對不起，我來晚了吧？你等很久嗎？

B 아니야. 나도 방금 도착했다.
a.ni.ya//na.do/bang.geum/do.cha.ke*t.da
沒有，我也剛到。

相關例句

例 죄송합니다. 차 대리님이 방금 나가셨습니다.
jwe.song.ham.ni.da//cha/de*.ri.ni.mi/bang.geum/na.ga.syo*t.sseum.ni.da
很抱歉，車代理剛才出去了。

例 방금 뭐라고 말씀하셨습니까?
bang.geum/mwo.ra.go/mal.sseum.ha.syo*t.sseum.ni.ga
您剛才說什麼？

안녕, 나중에 보자.
拜拜，以後再見！

나중에	以後
na.jung.e	
詞彙說明：表示經過一段時間之後。可以是未來（較久）的某個時間，或是距離現在不久的未來。中文可以翻成「以後」、「稍後」。	

會 話

A 안녕, 나중에 보자.
an.nyo*ng//na.jung.e/bo.ja
拜拜，以後再見！

B 그래. 여행 잘 하고 자주 연락해라.
geu.re*//yo*.he*ng/jal/ha.go/ja.ju/yo*l.la.ke*.ra
恩，祝你旅行愉快，要常連絡哦！

相關例句

例 저는 나중에 커서 대통령이 되고 싶어요.
jo*.neun/na.jung.e/ko*.so*/de*.tong.nyo*ng.i/dwe.go/si.po*.yo
我以後長大想當總統。

例 나중에 다시 만났으면 좋겠어요.
na.jung.e/da.si/man.na.sseu.myo*n/jo.ke.sso*.yo
希望以後還能再見面。

例 나 지금 바쁘니까 나중에 얘기해요.
na/ji.geum/ba.beu.ni.ga/na.jung.e/ye*.gi.he*.yo
我現在很忙，之後再聊吧。

앞으로 잘 부탁합니다.
以後請多多指教

앞으로	往後
a.peu.ro	

詞彙說明：앞으로由名詞「앞」和表示方向的助詞「으로」所組合而成。表示「今後」、「未來」、「往後」的意思。

會 話

A 다시 이런 실수는 하지 마요.
da.si/i.ro*n/sil.su.neun/ha.ji/ma.yo
不要再犯這種錯。

B 죄송합니다. 앞으로 주의하도록 하겠습니다.
jwe.song.ham.ni.da//a.peu.ro/ju.ui.ha.do.rok/ha.get.sseum.ni.da
對不起，我以後會注意。

相關例句

例 앞으로 잘 부탁합니다.
a.peu.ro/jal/bu.ta.kam.ni.da
以後請多多指教。

例 우리 앞으로 친하게 잘 지내자!
u.ri/a.peu.ro/chin.ha.ge/jal/jji.ne*.ja
以後我們好好相處吧！

例 앞으로 해야 할 일이 많아요.
a.peu.ro/he*.ya/hal/i.ri/ma.na.yo
以後要做的事情很多。

저 먼저 가겠습니다.

我先走了

먼저	首先
mo*n.jo*	
詞彙說明：表示在時間順序上，先進行某一件事。中文可以翻成「首先」、「先做～」。	

會 話

A 퇴근 시간이 다 되었군요. 저 먼저 가겠습니다.

twe.geun/si.ga.ni/da/dwe.o*t.gu.nyo//jo*/mo*n.jo*/ga.get.sseum.ni.da

下班時間到了呢！我先走了。

B 조심히 들어가세요. 팀장님.

jo.sim.hi/deu.ro*.ga.se.yo//tim.jang.nim

組長，回去小心。

相關例句

例 제일 먼저 할 일이 뭡니까?

je.il/mo*n.jo*/hal/i.ri/mwom.ni.ga

最先要做的事情是什麼？

例 먼저 제가 이 신제품에 대해 설명 드리겠습니다.

mo*n.jo*/je.ga/i/sin.je.pu.me/de*.he*/so*l.myo*ng/deu.ri.get.sseum.ni.da

首先我來為您說明這樣新產品。

아직 결혼하지 않았어요.
我還沒結婚

아직	仍然
a.jik	

詞彙說明：表示某一狀態依然維持原樣，或某件事仍未發生改變。中文可以翻成「尚未」、「仍然」、「還沒」。

會話

A 결혼했어요?
gyo*l.hon.he*.sso*.yo
你結婚了嗎？

B 아직 결혼하지 않았어요. 아직 혼자입니다.
a.jik/gyo*l.hon.ha.ji/a.na.sso*.yo//a.jik/hon.ja.im.ni.da
我還沒結婚，仍是單身。

相關例句

例 아직 희망이 있어요.
a.jik/hi.mang.i/i.sso*.yo
還有希望。

例 아직도 못 믿는 거예요?
a.jik.do/mon/min.neun/go*.ye.yo
你還不相信嗎？

例 아직 결정을 하지 않았어요.
a.jik/gyo*l.jo*ng.eul/ha.ji/a.na.sso*.yo
我還沒決定。

벌써 취한 거야?
你已經醉了嗎？

벌써	已經
bo*l.sso*	

詞彙說明：表示某事比自己所想的還早發生。中文可以翻成「已經」、「早就已經」。

會 話

A 벌써 취한 거야?
bo*l.sso*/chwi.han/go*.ya
你已經醉了嗎？

B 나 안 취했어. 한 잔만 더 하자.
na/an/chwi.he*.sso*//han/jan.man/do*/ha.ja
我沒醉，我們再喝一杯吧。

相關例句

例 벌써 열두 시야? 나 이제 가야 돼.
bo*l.sso*/yo*l.du/si.ya//na/i.je/ga.ya/dwe*
已經十二點了嗎？我得走了。

例 벌써 1년이 지나갔네. 시간 참 빠르다.
bo*l.sso*/il.lyo*.ni/ji.na.gan.ne//si.gan/cham/ba.reu.da
已經過了一年了呢！時間過得真快！

例 저녁 같이 먹으려고 왔는데 벌써 먹은 거야?
jo*.nyo*k/ga.chi/mo*.geu.ryo*.go/wan.neun.de/bo*l.sso*/mo*.geun/go*.ya
我來是為了跟你一起吃飯的，你已經吃過了嗎？

이미 전부 품절되었습니다.
已經全部賣完了

이미	已經
i.mi	
詞彙說明：表示某事已經發生，或已經結束。中文可以翻成「已經」、「早就」。	

會 話

A 재고가 아직 있습니까?
je*.go.ga/a.jik/it.sseum.ni.ga
請問還有貨嗎？

B 죄송하지만 이미 전부 품절되었습니다.
jwe.song.ha.ji.man/i.mi/jo*n.bu/pum.jo*l.dwe.o*t.sseum.ni.da
對不起，已經全部賣完了。

相關例句

例 이미 지난 일이니까 다시 얘기하지 말자.
i.mi/ji.nan/i.ri.ni.ga/da.si/ye*.gi.ha.ji/mal.jja
已經是過去的事了，我們就不要再提了。

例 할머니는 이미 퇴원했습니다.
hal.mo*.ni.neun/i.mi/twe.won.he*t.sseum.ni.da
奶奶已經出院了。

例 공연은 이미 끝났습니까?
gong.yo*.neun/i.mi/geun.nat.sseum.ni.ga
表演已經結束了嗎？

아버지는 늘 늦게 퇴근하신다.
爸爸總是很晚下班

늘	總是
neul	

詞彙說明：表示一直持續某一習慣不間斷。中文可以翻成「總是」、「時時」、「一直」。

會話

A 오빠, 사랑해요. 화이팅!
o.ba//sa.rang.he*.yo//hwa.i.ting
哥，我愛你！加油！

B 고마워요. 늘 지금처럼 사랑하고 응원해 주세요.
go.ma.wo.yo//neul/jji.geum.cho*.ro*m/sa.rang.ha.go/eung.won.he*/ju.se.yo
謝謝，請大家繼續像現在一樣愛我支持我。

相關例句

例 늘 행복하고 건강하세요.
neul/he*ng.bo.ka.go/go*n.gang.ha.se.yo
希望你一直都幸福健康。

例 그녀는 점심 시간에 늘 커피만 마신다.
geu.nyo*.neun/jo*m.sim/si.ga.ne/neul/ko*.pi.man/ma.sin.da
她午餐時間總是只喝咖啡。

내가 항상 네 옆에 있을게.
我會一直待在你身邊

항상	經常
hang.sang	
詞彙說明：表示事情無論何時都不會改變。中文可以翻成「經常」、「總是」、「平常」。	

會話

A 감기 조심하고 항상 옷 따뜻하게 입고 다녀.
gam.gi/jo.sim.ha.go/hang.sang/ot/da.deu.ta.ge/ip.go/da.nyo*
小心感冒，平時衣服要穿暖一點。

B 알았어. 엄마, 걱정하지 마.
a.ra.sso*//o*m.ma//go*k.jjo*ng.ha.ji/ma
知道了，媽，別擔心。

相關例句

例 울지 마. 내가 항상 네 옆에 있을게.
ul.ji/ma//ne*.ga/hang.sang/ni/yo*.pe/i.sseul.ge
別哭了，我會一直待在你身邊。

例 그는 항상 긍정적인 태도를 가지고 있었다.
geu.neun/hang.sang/geung.jo*ng.jo*.gin/te*.do.reul/ga.ji.go/i.sso*t.da
他總是帶著積極的態度。

언제나 환영해요.
隨時歡迎你

언제나　　無論何時
o*n.je.na
詞彙說明：表示某件事不管什麼時候都不曾改變。中文可以翻成「無論何時」、「隨時」。

會 話

A 오늘은 고마웠어요. 다시 놀러와도 되죠?
o.neu.reun/go.ma.wo.sso*.yo//da.si/nol.lo*.wa.do/dwe.jyo
今天謝謝你了，我可以再來玩嗎？

B 물론이죠. 언제나 환영해요.
mul.lo.ni.jyo//o*n.je.na/hwa.nyo*ng.he*.yo
當然可以，隨時歡迎你。

相關例句

例 나는 언제나 네 생각을 하고 있어.
na.neun/o*n.je.na/ni/se*ng.ga.geul/ha.go/i.sso*
我無論何時都在想你。

例 어머니는 언제나 맛있는 밥을 끓여 주십니다.
o*.mo*.ni.neun/o*n.je.na/ma.sin.neun/ba.beul/geu.ryo*/ju.sim.ni.da
媽媽總是煮好吃的飯給我們吃。

교회에 자주 가세요?
你時常去教會嗎？

자주	時常
ja.ju	

詞彙說明：表示一樣的事情時常頻繁地發生。中文可以翻成「時常」、「常常」。

會話

A 교회에 자주 가세요?
gyo.hwe.e/ja.ju/ga.se.yo
你時常去教會嗎？

B 네, 일요일마다 가족들이랑 같이 교회에 가요.
ne//i.ryo.il.ma.da/ga.jok.deu.ri.rang/ga.chi/gyo.hwe.e/ga.yo
是的，我每週日都會跟家人一起去教會。

相關例句

例 이거 자주 일어나는 일이야?
i.go*/ja.ju/i.ro*.na.neun/i.ri.ya
這是常發生的事嗎？

例 운동화는 자주 세탁해야 해요.
un.dong.hwa.neun/ja.ju/se.ta.ke*.ya/he*.yo
運動鞋要時常清洗。

가끔 테니스를 해요.
我偶爾會打網球

가끔	偶爾
ga.geum	
詞彙說明：表示某件事會規則性地、或不規則性地偶爾發生。中文可以翻成「偶爾」、「時而」。	

會 話

A 평소에 운동하세요?
pyo*ng.so.e/un.dong.ha.se.yo
你平時會運動嗎？

B 가끔 테니스를 해요.
ga.geum/te.ni.seu.reul/he*.yo
我偶爾會打網球。

相關例句

例 가끔은 전남친이 생각난다.
ga.geu.meun/jo*n.nam.chi.ni/se*ng.gang.nan.da
偶爾會想起前男友。

例 가끔 친구를 만나 수다도 떨고 싶어요.
ga.geum/chin.gu.reul/man.na/su.da.do/do*l.go/si.po*.yo
偶爾會想見見朋友聊聊天。

例 자주는 아니지만 가끔 집에서 요리해요.
ja.ju.neun/a.ni.ji.man/ga.geum/ji.be.so*/yo.ri.he*.yo
雖不是經常，但偶爾會在家做菜。

논문은 거의 다 썼어요.
論文幾乎快寫完了

거의	幾乎
go*.ui	
詞彙說明：表示某件事已經非常接近某一程度。「거의 ~지 않다」表示「幾乎不做某事」。	

會話

A 민영 씨는 술 잘 마셔요?
mi.nyo*ng/ssi.neun/sul/jal/ma.syo*.yo
敏英你很會喝酒嗎？

B 잘 못해요. 술 거의 마시지 않아서요.
jal/mo.te*.yo//sul/go*.ui/ma.si.ji/a.na.so*.yo
我不太會喝酒。因為我幾乎不喝酒。

相關例句

例 논문은 거의 다 썼어요.
non.mu.neun/go*.ui/da/sso*.sso*.yo
論文幾乎快寫完了。

例 출발 시간이 거의 다 됐어요.
chul.bal/ssi.ga.ni/go*.ui/da/dwe*.sso*.yo
出發時間快到了。

例 소리가 너무 작아서 거의 안 들려요.
so.ri.ga/no*.mu/ja.ga.so*/go*.ui/an/deul.lyo*.yo
聲音太小了，幾乎聽不見。

집에서 전혀 요리 안 해요.
我在家完全不煮飯的

전혀	完全不
jo*n.hyo*	

詞彙說明：전혀主要跟否定句一起使用。中文可以翻成「根本不」、「完全不」、「壓根沒有」。「전혀~지 않다」表示「從來不做某事」。

會話

A 난 요리하는 거 싫어요. 집에서 전혀 요리 안 해요.
nan/yo.ri.ha.neun/go*/si.ro*.yo//ji.be.so*/jo*n.hyo*/yo.ri/an/he*.yo
我討厭做飯。我在家根本不煮飯的。

B 그래서 맨날 외식이에요?
geu.re*.so*/me*n.nal/we.si.gi.e.yo
所以你每天外食嗎？

相關例句

例 전혀 후회하지 않아요?
jo*n.hyo*/hu.hwe.ha.ji/a.na.yo
你一點也不後悔嗎？

例 그런 생각은 전혀 해 본 적이 없습니다.
geu.ro*n/se*ng.ga.geun/jo*n.hyo*/he*/bon/jo*.gi/o*p.sseum.ni.da
我從來沒有那種想法。

범인은 바로 그 사람입니다.
犯人就是那個人

바로	正是
ba.ro	

詞彙說明：表示某一事物不是別的，正是話者所述那個。中文可翻成「正是」、「就是」。바로也可表示沒有時間上的間隔，立即進行某一行為。中文可翻成「馬上」、「立刻」。

會 話

A 서울에 도착하면 바로 전화해.
so*.u.re/do.cha.ka.myo*n/ba.ro/jo*n.hwa.he*
你到首爾後馬上打電話給我。

B 알았어. 도착하면 꼭 전화할게.
a.ra.sso*//do.cha.ka.myo*n/gok/jo*n.hwa.hal.ge
知道了，我到了一定打給你。

相關例句

例 내가 졸업하면 바로 취직할 거예요.
ne*.ga/jo.ro*.pa.myo*n/ba.ro/chwi.ji.kal/go*.ye.yo
我畢業後要立即就業。

例 네가 찾고 있는 사람은 바로 나다.
ni.ga/chat.go/in.neun/sa.ra.meun/ba.ro/na.da
你在找的人就是我。

例 범인은 바로 그 사람입니다.
bo*.mi.neun/ba.ro/geu/sa.ra.mim.ni.da
犯人就是那個人。

금방 처리하겠습니다.
我馬上處理

금방	馬上
geum.bang	

詞彙說明：表示比說話者說話的當下，在稍晚一點點的時間點。中文可翻成「馬上」、「立刻」。

會話

A 지영이가 왜 아직 안 와?
ji.yo*ng.i.ga/we*/a.jik/an/wa
智英怎麼還不來？

B 조금만 기다려. 금방 올 거야.
jo.geum.man/gi.da.ryo*//geum.bang/ol/go*.ya
再等一下，馬上就來了。

相關例句

例 금방 처리하겠습니다.
geum.bang/cho*.ri.ha.get.sseum.ni.da
我立刻處理。

例 내일 비가 오겠지만 금방 그칠 거예요.
ne*.il/bi.ga/o.get.jji.man/geum.bang/geu.chil/go*.ye.yo
明天雖然會下雨，但馬上就會停了。

例 단어를 아무리 외워도 금방 잊어버려요.
da.no*.reul/a.mu.ri/we.wo.do/geum.bang/i.jo*.bo*.ryo*.yo
不管怎麼背單字，馬上就忘了。

이제 곧 방학이다.
馬上就要放假了

곧	立即
got	
詞彙說明：表示某事毫無延遲立刻進行。中文可翻成「立即」、「馬上」。곧也有「換句話說」、「就是」的意思。	

會 話

A 먼저 가세요. 저도 곧 출발하겠습니다.
mo*n.jo*/ga.se.yo//jo*.do/got/chul.bal.ha.get.sseum.ni.da
您先走吧，我也馬上就出發。

B 그래. 빨리 와. 늦지 말고.
geu.re*//bal.li/wa//neut.jji/mal.go
好，趕快來，別遲到了。

相關例句

例 야호! 이제 곧 방학이다.
ya.ho//i.je/got/bang.ha.gi.da
耶！馬上就要放假了。

例 이것이 곧 우리의 현실이다.
i.go*.si/got/u.ri.e/hyo*n.si.ri.da
這就是我們的現實。

例 열차가 곧 출발하겠습니다.
yo*l.cha.ga/got/chul.bal.ha.get.sseum.ni.da
列車即將出發。

당장 그 사람을 만나야겠다.
我馬上要見他

당장	當場
dang.jang	

詞彙說明：表示某事發生當下的時間點。中文可翻成「當場」、「馬上」、「立刻」。

會話

Ⓐ 당장 이 집에서 나가지 못해?
dang.jang/i/ji.be.so*/na.ga.ji/mo.te*
你給我馬上離開這個家。

Ⓑ 제가 잘못 했어요. 한 번만 용서해 주세요.
je.ga/jal.mot/he*.sso*.yo//han/bo*n.man/yong.so*.he*/ju.se.yo
我做錯了，請原諒我一次。

相關例句

例 친구가 내 부탁을 당장에 거절했다.
chin.gu.ga/ne*/bu.ta.geul/dang.jang.e/go*.jo*l.he*t.da
朋友當場拒絕了我的請求。

例 당장 그 사람을 만나야겠다.
dang.jang/geu/sa.ra.meul/man.na.ya.get.da
我馬上要見那個人。

例 이 일은 지금 당장 해결하세요.
i/i.reun/ji.geum/dang.jang/he*.gyo*l.ha.se.yo
這件事請你現在立刻解決。

눈이 갑자기 많이 오네요.
突然下起大雪呢

갑자기 突然
gap.jja.gi
詞彙說明：表示某件事突然發生。中文可翻成「突然」、「忽然」。

會話

A 너 다쳤어? 다리가 왜 그래?
no*/da.cho*.sso*//da.ri.ga/we*/geu.re*
你受傷了？腿怎麼會那樣？

B 괜찮아. 안 아파.
gwe*n.cha.na//an/a.pa
沒事，不會痛。

B 아침 버스가 갑자기 출발해서 넘어졌어.
a.chim/bo*.seu.ga/gap.jja.gi/chul.bal.he*.sso*/no*.mo*.jo*.sso*
因為早上公車突然出發，害我跌倒了。

相關例句

例 눈이 갑자기 많이 오네요.
nu.ni/gap.jja.gi/ma.ni/o.ne.yo
突然下起大雪呢！

例 갑자기 차선을 바꾸면 뒤차에 피해를 줄 수 있다.
gap.jja.gi/cha.so*.neul/ba.gu.myo*n/dwi.cha.e/pi.he*.reul/jjul/su/it.da
突然更換車道，可能會給後車帶來禍害。

빨리 결정해.
你快點決定

빨리	快點
bal.li	

詞彙說明：表示花費的時間很短。中文可翻成「趕快」、「快點」。

會話

A 빨리 결정해. 시간이 없다니까.
bal.li/gyo*l.jo*ng.he*//si.ga.ni/o*p.da.ni.ga
你趕快決定，沒有時間了。

B 다 좋은데 어느 걸 선택해야 할지 모르겠어.
da/jo.eun.de/o*.neu/go*l/so*n.te*.ke*.ya/hal.jji/mo.reu.ge.sso*
我都很喜歡，不知道要選哪一個。

相關例句

例 봄이 빨리 오면 좋겠다.
bo.mi/bal.li/o.myo*n/jo.ket.da
希望春天快點來。

例 배고파 죽겠어. 빨리 먹자.
be*.go.pa/juk.ge.sso*//bal.li/mo*k.jja
肚子餓死了，我們快點吃吧。

例 시간이 없으니까 빨리 서두릅시다.
si.ga.ni/o*p.sseu.ni.ga/bal.li/so*.du.reup.ssi.da
沒有時間，要趕快了。

얼른 일어나세요.
請快點起床

얼른	趕快
o*l.leun	
詞彙說明：表示不拖延時間立即執行。中文可翻成「趕快」、「馬上」。	

會話

Ⓐ 서준아, 식기 전에 얼른 먹어라.
so*.ju.na//sik.gi/jo*.ne/o*l.leun/mo*.go*.ra
書俊，菜冷之前趕快吃吧。

Ⓑ 고맙습니다. 잘 먹겠습니다.
go.map.sseum.ni.da//jal/mo*k.get.sseum.ni.da
謝謝，我開動了。

相關例句

例 얼른 일어나세요.
o*l.leun/i.ro*.na.se.yo
請快點起床。

例 추워. 얼른 들어가자.
chu.wo//o*l.leun/deu.ro*.ga.ja
好冷喔！我們趕快進去吧。

例 너 얼른 대답 안 해?
no*/o*l.leun/de*.dap/an/he*
你還不快回答嗎？

어서 말해 봐.
快說！

어서	快
o*.so*	

詞彙說明：在催促他人快點進行某一行動時使用。中文可翻成「快」、「快點」。

會 話

A 아저씨한테 전화해 봐. 어서!
a.jo*.ssi.han.te/jo*n.hwa.he*/bwa//o*.so*
你打電話給叔叔，快點！

B 방금 전화했는데 안 받더라고.
bang.geum/jo*n.hwa.he*n.neun.de/an/bat.do*.ra.go
我剛打了，但是他沒接。

相關例句

例 그렇게 서 있지 말고. 어서 와.
geu.ro*.ke/so*/it.jji/mal.go//o*.so*/wa
別站著，快過來。

例 본 게 있으면 어서 말해 봐.
bon/ge/i.sseu.myo*n/o*.so*/mal.he*/bwa
如果你有看到什麼，就快說出來。

例 어서 오세요. 뭘 찾으세요?
o*.so*/o.se.yo//mwol/cha.jeu.se.yo
歡迎光臨，您要找什麼呢？

A형 피를 급히 구합니다.
急需A型血

급히	緊急
geu.pi	

詞彙說明：表示某件事或情況由不得有任何一點耽擱，必須盡快處理。中文可翻成「緊急」、「急忙」。

會話

A A형 피를 급히 구합니다.
a.hyo*ng/pi.reul/geu.pi/gu.ham.ni.da
這裡急需A型血。

B 제 혈액형은 A형입니다.
je/hyo*.re*.kyo*ng.eun/a.hyo*ng.im.ni.da
我的血型是A型。

相關例句

例 급히 처리할 게 있어서 이만 가 봐야겠어요.
geu.pi/cho*.ri.hal/ge/i.sso*.so*/i.man/ga/bwa.ya.ge.sso*.yo
我有急事要處理，先走了。

例 급히 목돈이 필요해서 대출을 신청했다.
geu.pi/mok.do.ni/pi.ryo.he*.so*/de*.chu.reul/ssin.cho*ng.he*t.da
因為急需一大筆錢，所以申請貸款了。

잠시 쉬었다 가세요.
稍微休息一下再走吧

잠시	暫時
jam.si	

詞彙說明：表示很短的時間。中文可翻成「暫時」、「稍微一下」。

會 話

Ⓐ 불고기 비빔밥 하나 주세요.
bul.go.gi/bi.bim.bap/ha.na/ju.se.yo
請給我烤肉拌飯一份。

Ⓑ 알겠습니다. 잠시만요.
al.get.sseum.ni.da//jam.si.ma.nyo
知道了，請稍等。

相關例句

例 잠시 쉬었다 가세요.
jam.si/swi.o*t.da/ga.se.yo
稍微休息一下再走吧。

例 잠시만 기다려 주세요.
jam.si.man/gi.da.ryo*/ju.se.yo
請稍等。

例 잠시만 내 옆에 있어 줘.
jam.si.man/ne*/yo*.pe/i.sso*/jwo
在我身邊陪我一會吧。

처음 뵙겠습니다.
初次見面

처음	第一次
cho*.eum	
詞彙說明：表示時間上或順序上的第一次。中文可翻成「第一次」、「初次」、「首次」。	

會話

A 처음 뵙겠습니다. 신지영입니다.
cho*.eum/bwep.get.sseum.ni.da//sin.ji.yo*ng.im.ni.da
初次見面，我是申智英。

B 만나서 반갑습니다.
man.na.so*/ban.gap.sseum.ni.da
很高興見到您。

相關例句

例 오늘 처음으로 네 식구 다 같이 여행 가요.
o.neul/cho*.eu.meu.ro/ne/sik.gu/da/ga.chi/yo*.he*ng/ga.yo
今天是第一次一家四口一起去旅行。

例 이렇게 실망한 적은 이번이 처음이네요!
i.ro*.ke/sil.mang.han/jo*.geun/i.bo*.ni/cho*.eu.mi.ne.yo
像這樣如此失望，這還是第一次。

아, 드디어 생각났어.
啊！我終於想起來了

드디어　　終於
deu.di.o*
詞彙說明：表示經過一段時間後，得到了某一結果。中文可翻成「終於」、「總算」。

會 話

A 이건 꿈이 아니지? 난 드디어 과장으로 승진했다.
i.go*n/gu.mi/a.ni.ji//nan/deu.di.o*/gwa.jang.eu.ro/seung.jin.he*t.da
這不是做夢吧？我終於升上課長職位了。

B 정말 축하 드려요.
jo*ng.mal/chu.ka/deu.ryo*.yo
真的恭喜你了。

相關例句

例 아, 드디어 생각났어.
a/deu.di.o*/se*ng.gang.na.sso*
啊！我終於想起來了。

例 드디어 박사학위를 땄습니다.
deu.di.o*/bak.ssa.ha.gwi.reul/dat.sseum.ni.da
我終於取得博士學位了。

例 감기가 드디어 나았습니다.
gam.gi.ga/deu.di.o*/na.at.sseum.ni.da
感冒終於好了。

다시 한 번 말씀해 주세요.
請您再說一遍

다시	再
da.si	
詞彙說明：表示做過的事再重新做一遍。中文可翻成「再」、「重新」、「又」。	

會話

A 죄송해요. 민정이가 지금 집에 없어요.
jwe.song.he*.yo//min.jo*ng.i.ga/ji.geum/ji.be/o*p.sso*.yo
對不起，敏靜現在不在家。

B 괜찮아요. 제가 나중에 다시 걸죠.
gwe*n.cha.na.yo//je.ga/na.jung.e/da.si/go*l.jyo
沒關係，我以後再打。

相關例句

例 다시 한 번 말씀해 주세요.
da.si/han/bo*n/mal.sseum.he*/ju.se.yo
請您再說一遍。

例 제가 잠시 후에 다시 연락하겠습니다.
je.ga/jam.si/hu.e/da.si/yo*l.la.ka.get.sseum.ni.da
我待會再連絡您。

例 다시 한 번 감사드립니다.
da.si/han/bo*n/gam.sa.deu.rim.ni.da
再次感謝您。

다음에 또 만나요.

下次再見

또	又
do	

詞彙說明：表示某件事反覆發生，或除此之外其他的東西。中文可翻成「又」、「再」、「還」。

會 話

A 정말 가고 싶지만 오늘은 너무 바빠요.
jo*ng.mal/ga.go/sip.jji.man/o.neu.reun/no*.mu/ba.ba.yo
我真的很想去，但是今天太忙了。

B 괜찮아요. 다음에 또 초대할게요.
gwe*n.cha.na.yo//da.eu.me/do/cho.de*.hal.ge.yo
沒關係，我下次再邀請你。

相關例句

例 다음에 또 만나요.
da.eu.me/do/man.na.yo
下次再見。

例 이거 진짜 맛있네. 또 없어?
i.go*/jin.jja/ma.sin.ne//do/o*p.sso*
這個真的很好吃耶！還有嗎？

例 남자친구랑 또 싸웠어요. 기분 참 나빠요.
nam.ja.chin.gu.rang/do/ssa.wo.sso*.yo//gi.bun/cham/na.ba.yo
我又和男朋友吵架了，心情很差。

좀 도와 주세요.
請幫個忙

좀	一點
jom	

詞彙說明：爲조금（一點、稍微）的略語。좀在命令句中，表示「微婉的請求」，帶有「讓步、客氣」的語感。中文可翻成「稍微」、「一點」。

會 話

A 상자가 너무 무거워요. 좀 도와 주세요.
sang.ja.ga/no*.mu/mu.go*.wo.yo//jom/do.wa/ju.se.yo
箱子太重了，請幫個忙。

B 예, 제가 도와 드리겠습니다.
ye//je.ga/do.wa/deu.ri.get.sseum.ni.da
好的，我來幫你。

相關例句

例 메뉴 좀 주세요.
me.nyu/jom/ju.se.yo
請給我菜單。

例 시험이 좀 어려웠어요.
si.ho*.mi/jom/o*.ryo*.wo.sso*.yo
考試有點難。

例 가격이 좀 비싸서 안 샀어요.
ga.gyo*.gi/jom/bi.ssa.so*/an/sa.sso*.yo
因為價格有點貴，所以沒有買。

좀 더 큰 것이 없어요?
沒有更大一點的嗎？

더	更
do*	

詞彙說明：表示繼續進行某一行爲、或比某一基準程度更厲害。中文可翻成「更」、「更加」。

會 話

A 난 남자친구에게 차였어요.
nan/nam.ja.chin.gu.e.ge/cha.yo*.sso*.yo
我被男朋友甩了。

B 울지 마요. 더 좋은 남자를 만날 수 있어요.
ul.ji/ma.yo//do*/jo.eun/nam.ja.reul/man.nal/ssu/i.sso*.yo
別哭了，你會遇到更好的男人。

相關例句

例 기회를 한 번 더 주십시오.
gi.hwe.reul/han/bo*n/do*/ju.sip.ssi.o
請再給我一次機會。

例 좀 더 큰 것이 없어요?
jom/do*/keun/go*.si/o*p.sso*.yo
沒有更大一點的嗎？

例 아주머님, 조금만 더 싸게 주세요.
a.ju.mo*.nim//jo.geum.man/do*/ssa.ge/ju.se.yo
阿姨，再算我便宜一點吧。

용돈을 많이 주세요.
請多給我一點零用錢

많이	多
ma.ni	

詞彙說明：表示份量或程度比一定的基準要來的高。中文可翻成「多」、「不少」。

會 話

A 많이 걸어서 다리가 아픈데 좀 쉴까요?
ma.ni/go*.ro*.so*/da.ri.ga/a.peun.de/jom/swil.ga.yo
走太多路腿很酸，要不要休息一下？

B 그럼 저 커피숍에서 좀 쉬어요.
geu.ro*m/jo*/ko*.pi.syo.be.so*/jom/swi.o*.yo
那我們在那間咖啡廳休息一下吧！

相關例句

例 과자들을 너무 많이 먹어서 배 안 고파요.
gwa.ja.deu.reul/no*.mu/ma.ni/mo*.go*.so*/be*/an/go.pa.yo
吃太多零食，肚子不餓。

例 용돈을 많이 주세요.
yong.do.neul/ma.ni/ju.se.yo
請多給我一點零用錢。

例 많이 사시면 싸게 드릴게요.
ma.ni/sa.si.myo*n/ssa.ge/deu.ril.ge.yo
您多買一點的話，會算您便宜一點。

정말 일하기 싫어요.
真不想工作

정말	真的
jo*ng.mal	
詞彙說明：表示沒有說謊，如同話所說的一般。可以當作名詞或副詞使用。中文可翻成「真的」。	

會話

A 정말, 너 믿어도 되는 거지?
jo*ng.mal//no*/mi.do*.do/dwe.neun/go*.ji
真的可以相信你吧？

B 그래, 넌 나만 믿으면 된다니까.
geu.re*//no*n/na.man/mi.deu.myo*n/dwen.da.ni.ga
當然，就說相信我就夠了。

相關例句

例 정말 일하기 싫어요.
jo*ng.mal/il.ha.gi/si.ro*.yo
真不想工作。

例 정말 이해가 안 가요.
jo*ng.mal/i.he*.ga/an/ga.yo
真的不能理解。

例 아까 한 말은 정말이야?
a.ga/han/ma.reun/jo*ng.ma.ri.ya
你剛才說的話是真的嗎？

너 진짜 나쁜 놈이구나.
你真的是個渾蛋

진짜	真的
jin.jja	

詞彙說明：表示非謊言而是事實，當作名詞使用時，表示真品、真貨。中文可翻成「真的」、「真」。

會 話

A 설마 이거 진짜 다이아몬드는 아니죠?
so*l.ma/i.go*/jin.jja/da.i.a.mon.deu.neun/a.ni.jyo
這該不會是真的鑽石吧？

B 진짜야. 이거 엄청 비싼 거야.
jin.jja.ya//i.go*/o*m.cho*ng/bi.ssan/go*.ya
是真的。這個很貴呢！

相關例句

例 너 진짜 나쁜 놈이구나.
no*/jin.jja/na.beun/no.mi.gu.na
你真的是個渾蛋。

例 생활이 진짜 재미없어요.
se*ng.hwa.ri/jin.jja/je*.mi.o*p.sso*.yo
生活真無趣。

例 야! 너 진짜 이럴래?
ya//no*/jin.jja/i.ro*l.le*
喂！你真的要這樣嗎？

여기 경치가 참 좋다.
這裡的風景真好！

참	真
cham	
詞彙說明：當作副詞用，表示與某一事實不相違背，果真如此。中文可翻成「真是」、「真」。當作感嘆詞時，表示突然想起某件事，所發出的聲音。中文可翻成「對了！」、「啊！」。	

會話

A 사장님, 이 서류들을 좀 확인해 주시고 사인하세요.
sa.jang.nim//i/so*.ryu.deu.reul/jjom/hwa.gin.he*/ju.si.go/sa.in.ha.se.yo
社長，請確認這些文件後簽名。

B 참, 내가 부탁했던 일은 어떻게 되고 있지?
cham//ne*.ga/bu.ta.ke*t.do*n/i.reun/o*.do*.ke/dwe.go/it.jji
對了，我拜託你的事情怎麼樣了？

相關例句

例 여기 경치가 참 좋다.
yo*.gi/gyo*ng.chi.ga/cham/jo.ta
這裡的風景真好！

例 이렇게 도와 주셔서 참 감사합니다.
i.ro*.ke/do.wa/ju.syo*.so*/cham/gam.sa.ham.ni.da
真的很感謝您如此大力幫忙。

토마토가 아주 싱싱해요.
番茄很新鮮

아주	很
a.ju	

詞彙說明：表示比普通程度更多的狀態。中文可翻成「很」、「非常」。

會 話

A 지하철 역은 여기서 아주 먼가요?
ji.ha.cho*l/yo*.geun/yo*.gi.so*/a.ju/mo*n.ga.yo
地鐵站離這裡很遠嗎？

B 멀지 않아요. 걸어서 10분 거리예요.
mo*l.ji/a.na.yo//go*.ro*.so*/sip.bun/go*.ri.ye.yo
不遠，走路10分鐘距離。

相關例句

例 시험 문제는 아주 어려웠다.
si.ho*m/mun.je.neun/a.ju/o*.ryo*.wot.da
考試題目很難。

例 할머니는 연세가 많으시지만 아주 건강하십니다.
hal.mo*.ni.neun/yo*n.se.ga/ma.neu.si.ji.man/a.ju/go*n.gang.ha.sim.ni.da
奶奶雖然年紀大了，但是很健康。

例 오이하고 토마토가 아주 싱싱해요.
o.i.ha.go/to.ma.to.ga/a.ju/sing.sing.he*.yo
小黃瓜和番茄很新鮮。

날씨가 매우 안 좋지요?
天氣很不好，對吧？

매우	十分
me*.u	

詞彙說明：表示比普通的程度更多的狀態。中文可翻成「很」、「十分」。

會話

A 담당 교수님은 어떤 분이세요?
dam.dang/gyo.su.ni.meun/o*.do*n/bu.ni.se.yo
任課教授是怎麼樣的人？

B 매우 엄격한 분입니다.
me*.u/o*m.gyo*.kan/bu.nim.ni.da
是很嚴格的人。

相關例句

例 날씨가 매우 안 좋지요?
nal.ssi.ga/me*.u/an/jo.chi.yo
天氣很不好，對吧？

例 이 제품이 매우 안전하고 효과적입니다.
i/je.pu.mi/me*.u/an.jo*n.ha.go/hyo.gwa.jo*.gim.ni.da
這樣產品既安全又有效。

例 같이 일할 수 있어서 매우 기쁩니다.
ga.chi/il.hal/ssu/i.sso*.so*/me*.u/gi.beum.ni.da
很高興可以一起工作。

너무 실망하지 마.
不要太失望

너무	太
no*.mu	

詞彙說明：表示比一定的程度或限度還要超出的狀態。中文可翻成「太」、「過分」。

會 話

A 불고기 먹으러 가자.
bul.go.gi/mo*.geu.ro*/ga.ja
我們去吃烤肉吧。

B 싫어요. 나 너무 느끼한 요리는 좋아하지 않아요.
si.ro*.yo//na/no*.mu/neu.gi.han/yo.ri.neun/jo.a.ha.ji/a.na.yo
不要，我不喜歡太油膩的料理。

相關例句

例 너무 실망하지 마.
no*.mu/sil.mang.ha.ji/ma
不要太失望。

例 고추장을 너무 많이 넣지 마세요.
go.chu.jang.eul/no*.mu/ma.ni/no*.chi/ma.se.yo
請不要加太多辣椒醬。

例 이건 너무 매워요.
i.go*n/no*.mu/me*.wo.yo
這個太辣了。

요새 몹시 덥더군요.
最近非常熱呢！

몹시	非常
mop.ssi	
詞彙說明：表示程度已非常高，無法再增加。中文可翻成「非常」。	

會 話

A 요새 몹시 덥더군요.
yo.se*/mop.ssi/do*p.do*.gu.nyo
最近非常熱呢！

B 내일도 역시 더운 하루가 될 것 같네.
ne*.il.do/yo*k.ssi/do*.un/ha.ru.ga/dwel/go*t/gan.ne
明天應該也會是炎熱的一天。

相關例句

例 실물이 몹시 궁금해요.
sil.mu.ri/mop.ssi/gung.geum.he*.yo
非常好奇本人長得如何。

例 오늘은 몹시 힘든 하루였다.
o.neu.reun/mop.ssi/him.deun/ha.ru.yo*t.da
今天是非常辛苦的一天。

例 이 집 케이크는 소문 그대로 몹시 맛있다.
i/jip/ke.i.keu.neun/so.mun/geu.de*.ro/mop.ssi/ma.sit.da
這間店的蛋糕如同傳聞般，非常好吃。

대단히 따뜻하군요.
相當溫暖呢！

대단히 相當
de*.dan.hi
詞彙說明：表示某一狀態、程度相當高，或技術、能力相當卓越優秀。中文可翻成「非常」、「相當」。

會話

A 영어 실력이 대단히 뛰어나시네요.
yo*ng.o*/sil.lyo*.gi/de*.dan.hi/dwi.o*.na.si.ne.yo
您的英語實力相當優秀呢！

B 그런 거 아니에요. 간단한 대화만 가능해요.
geu.ro*n/go*/a.ni.e.yo//gan.dan.han/de*.hwa.man/ga.neung.he*.yo
沒有那種事，我只會簡單的對話而已。

相關例句

例 효과가 대단히 크네요.
hyo.gwa.ga/de*.dan.hi/keu.ne.yo
效果相當大呢！

例 대단히 따뜻하군요.
de*.dan.hi/da.deu.ta.gu.nyo
相當溫暖呢！

언제 자주 집 타다 맛있다

음식 교통 빨리 씨 걸다

맛있다 좋다 무엇 처음 그런데

4

連接詞篇

펜 그리고 종이도 주세요.
請給我筆和紙

그리고　　而且
geu.ri.go
詞彙說明：爲接續副詞，用來並列、連接兩個以上的單字、句子或段落等。中文可以翻譯成「和」、「而且」。

會 話

A 내일 같이 바다에 갈 사람, 누가 있어?
ne*.il/ga.chi/ba.da.e/gal/ssa.ram//nu.ga/i.sso*
明天要一起去海邊的人有誰？

B 지영 언니 그리고 나.
ji.yo*ng/o*n.ni/geu.ri.go/na
智英姊和我。

相關例句

例 펜 그리고 종이도 주세요.
pen/geu.ri.go/jong.i.do/ju.se.yo
請給我筆和紙。

例 형은 키가 큽니다. 그리고 머리도 좋습니다.
hyo*ng.eun/ki.ga/keum.ni.da//geu.ri.go/mo*.ri.do/jo.sseum.ni.da
哥哥個子很高，而且聰明。

그래서 기분이 좋아요.
所以心情好

그래서　　所以
geu.re*.so*
詞彙說明：爲接續副詞，使用在前句的內容是後句內容的原因、理由或條件時。中文可以翻譯成「因此」、「所以」。

會 話

A 너 무릎 왜 이래? 다쳤어?
no*/mu.reup/we*/i.re*//da.cho*.sso*
你膝蓋怎麼這樣？受傷了？

B 길이 너무 미끄러웠어요. 그래서 넘어졌어요.
gi.ri/no*.mu/mi.geu.ro*.wo.sso*.yo//geu.re*.so*/no*.mo*.jo*.sso*.yo
路面太滑，所以跌倒了。

相關例句

例 오늘은 주말이에요. 그래서 사람이 많아요.
o.neu.reun/ju.ma.ri.e.yo//geu.re*.so*/sa.ra.mi/ma.na.yo
今天是周末，所以人很多。

例 상을 받았어요. 그래서 기분이 좋아요.
sang.eul/ba.da.sso*.yo//geu.re*.so*/gi.bu.ni/jo.a.yo
因為領了獎，所以心情好。

그러니까 간섭하지 마.
所以你不要干涉

그러니까	正因為如此
geu.ro*.ni.ga	

詞彙說明：為接續副詞，使用在前句的內容是後句內容的理由或條件時。中文可以翻譯成「正因為如此」、「所以」。그러니까經常會與命令句、勸誘句一同使用。

會 話

A 빨리 엄마한테 사과해.
bal.li/o*m.ma.han.te/sa.gwa.he*
你快點跟媽媽道歉。

B 이건 내 일이야. 그러니까 간섭하지 마.
i.go*n/ne*/i.ri.ya//geu.ro*.ni.ga/gan.so*.pa.ji/ma
這是我的事情，所以你不要干涉。

相關例句

例 국은 싱거워요. 그러니까 소금 조금 더 넣어요.
gu.geun/sing.go*.wo.yo//geu.ro*.ni.ga/so.geum/jo.geum/do*/no*.o*.yo
湯味道很淡，所以再多加一點鹽吧。

그러나 마음씨가 안 좋다.
不過心地不好

그러나	不過
geu.ro*.na	

詞彙說明：爲接續副詞，使用在前句的內容和後句的內容相反時。中文可以翻譯成「然而」、「不過」、「但是」。그러나多用於書面。

(相關例句)

例 그녀는 예쁘다. 그러나 마음씨가 안 좋다.
geu.nyo*.neun/ye.beu.da//geu.ro*.na/ma.eum.ssi.ga/an/jo.ta
她很漂亮，但心地不好。

例 그 남자는 키가 작다. 그러나 농구를 잘 한다.
geu/nam.ja.neun/ki.ga/jak.da//geu.ro*.na/nong.gu.reul/jjal/han.da
那個男生很矮，但是籃球打得很好。

例 오늘은 주말이다. 그러나 회사에 가야 한다.
o.neu.reun/ju.ma.ri.da//geu.ro*.na/hwe.sa.e/ga.ya/han.da
今天是周末，不過得去公司上班。

例 나는 매운 음식을 좋아한다. 그러나 남친이 좋아하지 않는다.
na.neun/me*.un/eum.si.geul/jjo.a.han.da//geu.ro*.na/nam.chi.ni/jo.a.ha.ji/an.neun.da
我喜歡辣的食物，不過男朋友不喜歡。

하지만 현실은 그렇지 않아.
但是現實並非如此

하지만	但是
ha.ji.man	

詞彙說明：爲接續副詞，用來連接彼此不一致或內容相反的兩個句子。中文可以翻譯成「雖然那樣」、「可是」、「但是」。常用於口語會話中。

會 話

A 근처에 새로 개업한 삼계탕집은 먹어 봤어?
geun.cho*.e/se*.ro/ge*.o*.pan/sam.gye.tang.ji.beun/mo*.go*/bwa.sso*
附近新開業的蔘雞湯店你吃過了嗎？

B 응, 맛있었어!
eung//ma.si.sso*.sso*
恩，蠻好吃的。

B 하지만 가격이 좀 비쌌다.
ha.ji.man/ga.gyo*.gi/jom/bi.ssat.da
但是價格有點貴。

相關例句

例 네 말이 맞아. 하지만 현실은 그렇지 않아.
ni/ma.ri/ma.ja//ha.ji.man/hyo*n.si.reun/geu.ro*.chi/a.na
你說得對，但是現實並非如此。

그렇지만 나는 참았다.
雖說如此我還是忍住了

그렇지만	雖說如此
geu.ro*.chi.man	

詞彙說明：為接續副詞，使用在表示承認前句內容的同時，前句與後句的內容彼此互相對立時。中文可以翻譯成「雖說如此」、「但是」、「然而」。

相關例句

例 피곤해요. 그렇지만 공부를 해야 해요.
pi.gon.he*.yo//geu.ro*.chi.man/gong.bu.reul/he*.ya/he*.yo
很累，但是得念書。

例 좋은 제안입니다. 그렇지만 실행하기 어렵습니다.
jo.eun/je.a.nim.ni.da//geu.ro*.chi.man/sil.he*ng.ha.gi/o*.ryo*p.sseum.ni.da
是很棒的提案，但是在執行上有困難。

例 실력이 있다. 그렇지만 발휘할 데가 없다.
sil.lyo*.gi/it.da//geu.ro*.chi.man/bal.hwi.hal/de.ga/o*p.da
有實力，但沒有地方發揮。

例 당장이라도 쉬고 싶다. 그렇지만 나는 참았다.
dang.jang.i.ra.do/swi.go/sip.da//geu.ro*.chi.man/na.neun/cha.mat.da
想要馬上休息，但我忍了下來。

그런데 우산을 왜 안 쓰세요?

但是你為什麼不撐傘？

그런데	但是
geu.ro*n.de	

詞彙說明 1：爲接續副詞，使用在表示前句與後句的內容爲對立或相反的關係時。中文可以翻譯成「但是」。此時，意思與「그렇지만」相同。

相關例句

例 내일이 친구 생일이에요. 그런데 선물은 아직 못 샀어요.
ne*.i.ri/chin.gu/se*ng.i.ri.e.yo//geu.ro*n.de/so*n.mu.reun/a.jik/mot/sa.sso*.yo
明天是朋友的生日，但是我還沒買禮物。

例 볼펜은 있어요. 그런데 연필은 없어요.
bol.pe.neun/i.sso*.yo//geu.ro*n.de/yo*n.pi.reun/o*p.sso*.yo
有原子筆，但是沒有鉛筆。

例 누나는 공부 잘 해요. 그런데 형은 공부 못 해요.
nu.na.neun/gong.bu/jal/he*.yo//geu.ro*n.de/hyo*ng.eun/gong.bu/mot/he*.yo
姊姊很會念書，但哥哥不會念書。

詞彙說明 2

也可使用在繼續針對某一話題，做而外的補充說明時。此時，前句的內容為後句內容提供相關的背景資訊。中文可以翻譯成「而」、「而且」。

相關例句

例 비가 와요. 그런데 우산을 왜 안 쓰세요?
bi.ga/wa.yo//geu.ro*n.de/u.sa.neul/we*/an/sseu.se.yo
下雨了，可是你為什麼不撐傘？

例 오후에 준영 오빠를 만났어요.
o.hu.e/ju.nyo*ng/o.ba.reul/man.na.sso*.yo
그런데 오빠는 교통사고로 다리를 다쳤어요.
geu.ro*n.de/o.ba.neun/gyo.tong.sa.go.ro/da.ri.reul/da.cho*.sso*.yo
下午我見了俊英哥，而哥哥因為車禍腿受傷了。

例 주말에 친구 집에 놀러 갔어요.
ju.ma.re/chin.gu/ji.be/nol.lo*/ga.sso*.yo
그런데 거기서 맛있는 케이크를 먹었어요.
geu.ro*n.de/go*.gi.so*/ma.sin.neun/ke.i.keu.reul/mo*.go*.sso*.yo
周末去了朋友家，而且在那裡吃了好吃的蛋糕。

例 어제 밤에 영화를 봤습니다.
o*.je/ba.me/yo*ng.hwa.reul/bwat.sseum.ni.da
그런데 그 영화는 아주 슬픈 러브스토리였습니다.

geu.ro*n.de/geu/yo*ng.hwa.neun/a.ju/seul.peun/ro*.beu.seu.to.ri.yo*t.sseum.ni.da
昨天晚上看了電影，而那部電影是很哀傷的愛情故事。

詞彙說明 3

也可使用在說話者突然改變聊天主題時。中文可以翻譯成「啊！」、「喔！」。

會 話

A 저녁 다 먹었니? 더 먹을래?
jo*.nyo*k/da/mo*.go*n.ni//do*/mo*.geul.le*
你晚餐吃過了嗎？還要再吃嗎？

B 아니야. 그런데 내일 몇 시에 출발해?
a.ni.ya//geu.ro*n.de/ne*.il/myo*t/si.e/chul.bal.he*
不了，啊！明天幾點出發啊？

그러면 나가서 외식하자.
那麼我們出去吃飯吧

그러면	那麼
geu.ro*.myo*n	

詞彙說明：為接續副詞，使用在前句的內容成為後句內容的條件時，後句也會針對前句提出相關的說明或提案。中文可以翻譯成「那麼」、「如果是這樣」。在口語會話中，常使用「그럼」。

會話一

A 지금 너무 피곤하고 배 고파.

ji.geum/no*.mu/pi.gon.ha.go/be*/go.pa

現在又累又餓。

B 그러면 오늘 집에서 요리하지 말고 나가서 외식하자.

geu.ro*.myo*n/o.neul/jji.be.so*/yo.ri.ha.ji/mal.go/na.ga.so*/we.si.ka.ja

那麼，我們今天不要在家煮出去吃吧！

會話二

A 왠지 오늘은 기분이 좀 우울해.

we*n.ji/o.neu.reun/gi.bu.ni/jom/u.ul.he*

不知道為什麼今天心情有點鬱悶。

B 그럼 우리 맛있는 거 먹으러 갈까?

geu.ro*m/u.ri/ma.sin.neun/go*/mo*.geu.ro*/gal.ga

那我們出去吃好吃的，好嗎？

어쨌든 난 안 가.
反正我不去

어쨌든	反正
o*.jje*t.deun	

詞彙說明：表示不管前句的性質、情況、狀態、意見爲何，都不影響後句的內容。爲「어찌하였든」的略語。中文可以翻譯成「不管怎麼說」、「反正」。與「아무튼」同義。

會 話

A 태광이가 입원했대. 너 문병 가야 지.
te*.gwang.i.ga/i.bwon.he*t.de*//no*/mun.byo*ng/ga.ya/ji
聽説太光住院了。你應該去探病。

B 내가 왜 가야 되는데?
ne*.ga/we*/ga.ya/dwe.neun.de
我為什麼要去？

A 많이 다쳤잖아.
ma.ni/da.cho*t.jja.na
他受傷很嚴重嘛！

B 싫어! 어쨌든 난 안 가.
si.ro*//o*.jje*t.deun/nan/an/ga
不要，反正我不去。

그래도 다시 시도하겠다.
還是要繼續嘗試

그래도	還是要
geu.re*.do	

詞彙說明：表示不管前句的內容爲何，後句已經是既定的事實無法改變。中文可以翻譯成「就算如此」、「還是要」。

會話

A 회사가 너무 싫어요.
hwe.sa.ga/no*.mu/si.ro*.yo
好討厭去上班。

A 그래도 참고 계속 다녀야 해요.
geu.re*.do/cham.go/gye.sok/da.nyo*.ya/he*.yo
但還是要忍耐繼續上班。

B 그래, 참아. 먹고 사는 게 그렇게 쉽지 않으니까.
geu.re*//cha.ma//mo*k.go/sa.neun/ge/geu.ro*.ke/swip.jji/a.neu.ni.ga
沒錯，忍忍吧。人活著沒那麼容易。

相關例句

例 이번도 실패했다. 그래도 다시 시도하겠다.
i.bo*n.do/sil.pe*.he*t.da//geu.re*.do/da.si/si.do.ha.get.da
這次也失敗了，但我還是要繼續嘗試。

잘 생겼어. 게다가 부자야.
長得很帥，而且是有錢人

게다가	再加上
ge.da.ga	

詞彙說明：表示針對前句所提及的內容，再加以補充說明。中文可以翻譯成「再加上」、「而且」。

會話一

A 오늘 선 본 남자는 어땠어?
o.neul/sso*n/bon/nam.ja.neun/o*.de*.sso*
今天你相親的男生如何？

B 잘 생겼어. 게다가 부자야.
jal/sse*ng.gyo*.sso*//ge.da.ga/bu.ja.ya
長得很帥，而且是有錢人。

會話二

A 요즘 거기 날씨가 어때요?
yo.jeum/go*.gi/nal.ssi.ga/o*.de*.yo
最近你那邊的天氣怎麼樣？

B 여기는 완전 추워요. 게다가 맨날 비가 와요.
yo*.gi.neun/wan.jo*n/chu.wo.yo//ge.da.ga/me*n.nal/bi.ga/wa.yo
這裡超冷的，又加上每天都下雨。

왜냐하면 그녀는 곧 떠날 거니까.
因為她要離開了

왜냐하면 是因為
we*.nya.ha.myo*n
詞彙說明：表示前句所提及的內容與主張，其理由會出現於後句中。왜냐하면通常會與「때문」一同使用。中文可以翻譯成「那是因爲」。

(相關例句)

例 오늘 일찍 자야 해요.
o.neul/il.jjik/ja.ya/he*.yo
왜냐하면 내일 중요한 시험이 있기 때문이에요.
we*.nya.ha.myo*n/ne*.il/jung.yo.han/si.ho*.mi/it.gi/de*.mu.ni.e.yo
今天得早點睡，那是因為明天有很重要的考試。

例 난 지금 그녀를 만나야 한다.
nan/ji.geum/geu.nyo*.reul/man.na.ya/han.da
왜냐하면 그녀는 곧 떠날 거니까.
we*.nya.ha.myo*n/geu.nyo*.neun/got/do*.nal/go*.ni.ga
我現在必須去見她，那是因為她要離開了。

예를 들면 케이크, 초콜릿 등.
例如蛋糕、巧克力等

예를 들면　例如
ye.reul/deul.myo*n
詞彙說明：使用在用來舉例的時候。中文可以翻譯成「舉例來說」、「例如」。

相關例句

例 난 단 음식을 좋아해요.
nan/dan/eum.si.geul/jjo.a.he*.yo
예를 들면 케이크, 아이스크림, 초콜릿 등이에요.
ye.reul/deul.myo*n/ke.i.keu/a.i.seu.keu.rim/cho.kol.lit/deung.i.e.yo
我喜歡吃甜食，舉例來說蛋糕、冰淇淋、巧克力等。

例 한국 요리가 맛있어요.
han.guk/yo.ri.ga/ma.si.sso*.yo
예를 들면 삼계탕, 돌솥비빔밥, 김치찌개 등이에요.
ye.reul/deul.myo*n/sam.gye.tang/dol.sot.bi.bim.bap/gim.chi.jji.ge*/deung.i.e.yo
韓國料理很好吃，例如蔘雞湯、石鍋拌飯、泡菜鍋等。

5 常用慣用語篇

가슴에 새기다
銘記在心

가슴
ga.seum
胸、心

가슴에 새기다　銘記在心
ga.seu.me/se*.gi.da

가슴에 간직하다　珍藏在心裡
ga.seu.me/gan.ji.ka.da

가슴이 떨리다　（因興奮、害怕、緊張）
ga.seu.mi/do*l.li.da　心抖、心驚

가슴이 뿌듯하다　心滿意足、內心充實
ga.seu.mi/bu.deu.ta.da

가슴이 설레다　激動、興奮、內心不平靜
ga.seu.mi/so*l.le.da

가슴이 찔리다　內疚、良心受譴責
ga.seu.mi/jjil.li.da

가슴이 찢어지다　切膚之痛、心碎、傷心欲絕
ga.seu.mi/jji.jo*.ji.da

가슴이 터지다　胸爆裂、難過、心碎
ga.seu.mi/to*.ji.da

간에 기별도 안 간다
塞牙縫都不夠

간
gan
肝

간에 기별도 안 간다 塞牙縫都不夠
ga.ne/gi.byo*l.do/an/gan.da

간에 불붙다 心急如焚
ga.ne/bul.but.da

간이 떨어지다 嚇破膽
ga.ni/do*.ro*.ji.da

간이 붓다 變得大膽、變得膽大包天
ga.ni/but.da

간이 콩알만 하다 變膽小、膽小如鼠
ga.ni/kong.al.man/ha.da

간이 크다 膽大
ga.ni/keu.da

간도 모르다 什麼都不知道
gan.do/mo.reu.da

고개를 끄덕이다
點頭、同意

고개
go.ge*
頭、後頸

고개를 끄덕이다　　點頭、同意
go.ge*.reul/geu.do*.gi.da

고개를 들다　　抬起頭
go.ge*.reul/deul.da

고개를 돌리다　　轉頭、回頭
go.ge*.reul/dol.li.da

고개를 흔들다　　搖頭、不同意
go.ge*.reul/heun.deul.da

고개를 숙이다　　低下頭、行禮
go.ge*.reul/ssu.gi.da

고개를 갸웃거리다　　歪頭、懷疑
go.ge*.reul/gya.ut.go*.ri.da

고개를 조아리다　　磕頭、求饒
go.ge*.reul/jjo.a.ri.da

귀가 얇다
耳根子軟

귀
gwi
耳朵

귀가 얇다 gwi.ga/yap.da	耳根子軟、易聽信他人所言
귀가 따갑다 gwi.ga/da.gap.da	刺耳、聽得厭煩
귀가 먹다 gwi.ga/mo*k.da	重聽
귀에 설다 gwi.e/so*l.da	耳生、沒聽說過
귀가 가렵다 gwi.ga/ga.ryo*p.da	耳朵癢、有人在談論自己
귀에 거칠다 gwi.e/go*.chil.da	不中聽、刺耳
귀에 익다 gwi.e/ik.da	耳熟

금을 긋다
劃界線

금
geum
裂痕、線、價格

금을 긋다　　劃界線
geu.meul/geut.da

금이 가다　　出現裂痕
geu.mi/ga.da

금을 놓다　　出價、開價
geu.meul/no.ta

금을 보다　　了解行情、問價格
geu.meul/bo.da

금을 치다　　給價、估價
geu.meul/chi.da

금을 맞추다　　講價、議價
geu.meul/mat.chu.da

꼬리가 길다
尾巴長、拖泥帶水

꼬리
go.ri
尾巴

꼬리가 길다 go.ri.ga/gil.da	尾巴長、拖泥帶水、 出去不關門
꼬리가 길면 밟힌다 go.ri.ga/gil.myo*n/ bal.pin.da	愛走夜路必撞鬼、 多行不義必自斃
꼬리를 치다 go.ri.reul/chi.da	搖尾巴、討好
꼬리를 잡다 go.ri.reul/jjap.da	抓到尾巴、抓到弱點
꼬리를 사리다 go.ri.reul/ssa.ri.da	夾尾巴、膽怯
꼬리를 잇다 go.ri.reul/it.da	接尾、接二連三

눈에 거슬리다
看不順眼、看不慣

눈
nun
眼睛

눈에 거슬리다 看不順眼、看不慣
nu.ne/go*.seul.li.da

눈을 맞추다 眼對眼、互視
nu.neul/mat.chu.da

눈을 돌리다 把目光轉向、關注
nu.neul/dol.li.da

눈에 가시 眼中有刺、眼中釘
nu.ne/ga.si

눈을 감다 閉眼
nu.neul/gam.da

눈을 주다 使眼色、示意
nu.neul/jju.da

눈을 끌다 引人注意、吸引目光
nu.neul/geul.da

눈이 높다 眼光高
nu.ni/nop.da

돈을 벌다
賺錢

돈
don
錢

돈을 벌다　　　　賺錢
do.neul/bo*l.da

돈을 먹다　　　　吃錢、收賄
do.neul/mo*k.da

돈을 뿌리다　　　　灑錢、大把大把花錢
do.neul/bu.ri.da

돈을 물쓰듯 하다　　　　花錢如流水
do.neul/mul.sseu.deut/ha.da

돈을 굴리다　　　　錢滾錢、放債、借錢生利
do.neul/gul.li.da

돈을 훔치다　　　　偷錢
do.neul/hum.chi.da

돈을 쓰다　　　　花錢、用錢
do.neul/sseu.da

마음에 들다
滿意、看中

마음
ma.eum
心、心思

마음에 들다 滿意、看中
ma.eu.me/deul.da

마음에 두다 往心裡去、放在心裡
ma.eu.me/du.da

마음에 새기다 銘記在心
ma.eu.me/se*.gi.da

마음을 돌리다 回心轉意
ma.eu.meul/dol.li.da

마음에 있다 有心、有意
ma.eu.me/it.da

마음에 없다 無心、無意
ma.eu.me/o*p.da

마음을 열다 敞開心扉、抒懷、接納
ma.eu.meul/yo*l.da

마음을 사다 收買人心、得人心
ma.eu.meul/ssa.da

말이 통하다
語言相通、說話投機

말
mal
話

말이 통하다 ma.ri/tong.ha.da	語言相通、說話投機
말을 듣다 ma.reul/deut.da	聽話
말이 없다 ma.ri/o*p.da	沒有話、寡言、沉默
말을 삼키다 ma.reul/ssam.ki.da	把嘴邊的話又吞回去、欲言又止
말이 뜨다 ma.ri/deu.da	吞吞吐吐
말이 새다 ma.ri/se*.da	說漏嘴
말도 안 되다 mal.do/an/dwe.da	不像話、荒謬

맛을 내다
提味、調味

맛
mat
味道

맛을 내다 提味、調味
ma.seul/ne*.da

맛을 보다 嘗味道、嘗嘗鹹淡
ma.seul/bo.da

맛을 보이다 收拾、給…顏色瞧瞧
ma.seul/bo.i.da

맛이 가다 走味、變了味道
ma.si/ga.da

맛이 들다 入味
ma.si/deul.da

맛을 들이다 感興趣
ma.seul/deu.ri.da

맛이 없다 難吃、沒味道
ma.si/o*p.da

머리가 아프다
頭痛、傷腦筋

머리
mo*.ri
頭、腦

머리가 아프다　　頭痛、傷腦筋
mo*.ri.ga/a.peu.da

머리가 무겁다　　頭重、心頭沉重
mo*.ri.ga/mu.go*p.da

머리가 가볍다　　頭輕、心情輕鬆
mo*.ri.ga/ga.byo*p.da

머리가 깨다　　頭腦清醒
mo*.ri.ga/ge*.da

머리가 돌아가다　　頭腦靈活
mo*.ri.ga/do.ra.ga.da

머리가 돌다　　腦筋機靈、精神失常
mo*.ri.ga/dol.da

머리가 수그러지다　　頭低下、佩服、服了
mo*.ri.ga/su.geu.ro*.ji.da

머리를 감다　　洗頭
mo*.ri.reul/gam.da

목이 마르다
喉嚨乾、口渴

목
mok
頸、喉嚨

목이 마르다 喉嚨乾、口渴
mo.gi/ma.reu.da

목이 떨어지다 掉腦袋
mo.gi/do*.ro*.ji.da

목을 걸다 冒著生命危險
mo.geul/go*l.da

목을 놓다 放聲大哭
mo.geul/no.ta

목을 베다 殺頭、腦袋搬家
mo.geul/be.da

목이 잠기다 喉嚨沙啞、失聲
mo.gi/jam.gi.da

목이 빠지다 殷切期盼
mo.gi/ba.ji.da

발이 넓다
交際廣

발
bal
腳

발이 넓다 交際廣
ba.ri/no*l.da

발이 익다 腳熟、路熟
ba.ri/ik.da

발이 저리다 腳麻、內疚、心虛
ba.ri/jo*.ri.da

발을 끊다 斷絕來往、切斷關係
ba.reul/geun.ta

발을 씻다 洗腳、洗手不幹、退出
ba.reul/ssit.da

발을 뻗다 伸腳、伸腿
ba.reul/bo*t.da

발을 맞추다 統一步調、步伐一致
ba.reul/mat.chu.da

속이 타다
內心著火、焦急

속
sok
內心、肚子

속이 타다 內心著火、焦急
so.gi/ta.da

속이 깊다 思慮深遠
so.gi/gip.da

속이 시원하다 心裡涼快、痛快
so.gi/si.won.ha.da

속을 긁다 煩人、惹人討厭
so.geul/geuk.da

속이 보이다 看透居心、識破
so.gi/bo.i.da

속이 뒤집히다 倒胃口、噁心、心裡不舒服
so.gi/dwi.ji.pi.da

속이 넓다 內心寬廣、胸襟豁達
so.gi/no*l.da

손이 닿다
手摸得到、能力所及

손
son
手

손이 닿다　　手摸得到、能力所及
so.ni/da.ta

손이 크다　　手大、大方
so.ni/keu.da

손을 떼다　　抽手、罷手、退出
so.neul/de.da

손을 대다　　用手碰、動手、干預
so.neul/de*.da

손을 빌리다　　借助他人之手、求助
so.neul/bil.li.da

손을 꼽다　　屈指可數、數一數二
so.neul/gop.da

손에 잡히다　　得心應手、上手
so.ne/ja.pi.da

손을 내밀다　　伸出手、伸手幫助、釋出善意
so.neul/ne*.mil.da

어깨가 가벼워지다
肩膀變輕、如釋重負

어깨
o*.ge*
肩膀

어깨가 가벼워지다　肩膀變輕、如釋重負
o*.ge*.ga/ga.byo*.wo.ji.da

어깨가 무겁다　肩膀重、負擔的責任重
o*.ge*.ga/mu.go*p.da

어깨를 으쓱거리다　聳肩
o*.ge*.reul/eu.sseuk.go*.ri.da

어깨를 겨누다　比高低、不分上下、並駕齊驅
o*.ge*.reul/gyo*.nu.da

어깨가 움츠러들다　縮肩、膽怯、退縮
o*.ge*.ga/um.cheu.ro*.deul.da

어깨를 나란히 하다　並肩、並行
o*.ge*.reul/na.ran.hi/ha.da

어깨를 겯다　肩並肩、勾肩搭背
o*.ge*.reul/gyo*t.da

얼굴이 두껍다
臉皮厚、厚顏無恥

얼굴
o*l.gul
臉、面子

얼굴이 두껍다 臉皮厚、厚顏無恥
o*l.gu.ri/du.go*p.da

얼굴이 붓다 臉腫起來
o*l.gu.ri/but.da

얼굴이 깎이다 不給面子、丟臉
o*l.gu.ri/ga.gi.da

얼굴을 내밀다 露臉
o*l.gu.reul/ne*.mil.da

얼굴을 하다 帶著…的表情
o*l.gu.reul/ha.da

얼굴을 팔다 賣面子
o*l.gu.reul/pal.da

얼굴이 반쪽이 되다 臉剩一半、瘦了一大圈
o*l.gu.ri/ban.jjo.gi/dwe.da

입이 가볍다
嘴不牢、大嘴巴

입
ip
嘴、唇

입이 가볍다 嘴不牢、大嘴巴、説話隨便
i.bi/ga.byo*p.da

입이 무겁다 嘴緊、言語謹慎
i.bi/mu.go*p.da

입이 싸다 説話輕率、口無遮攔
i.bi/ssa.da

입이 거칠다 説話粗魯
i.bi/go*.chil.da

입이 더럽다 嘴髒、滿口髒話
i.bi/do*.ro*p.da

입을 열다 開口説話
i.beul/yo*l.da

입을 벌리다 張嘴、把嘴打開
i.beul/bo*l.li.da

입에 맞다 合口味
i.be/mat.da

코를 골다
打鼾、打呼

코
ko
鼻子

코를 골다　打鼾、打呼
ko.reul/gol.da

코를 찌르다　刺鼻味
ko.reul/jji.reu.da

코가 높다　鼻高、自視甚高
ko.ga/nop.da

코가 비뚤어지게　酩酊大醉、爛醉
ko.ga/bi.du.ro*.ji.ge

코가 납작하다　鼻子扁平
ko.ga/nap.jja.ka.da

코가 땅에 닿다　鼻觸地、五體投地、俯首
ko.ga/dang.e/da.ta

코빼기도 안 보인다　看不到人影
ko.be*.gi.do/an/bo.in.da

피가 끓다
熱血沸騰、血氣方剛

피
pi
血

피가 끓다　熱血沸騰、血氣方剛
pi.ga/geul.ta

피가 마르다　血乾、憂心、焦慮
pi.ga/ma.reu.da

피도 안 마르다　還年幼、乳臭未乾
pi.do/an/ma.reu.da

피를 받다　接受血液、承襲遺傳、血脈
pi.reul/bat.da

피를 보다　見血、造成傷害、損傷
pi.reul/bo.da

피를 빨다　吸血、敲詐勒索、壓榨
pi.reul/bal.da

피도 눈물도 없다　無血無淚、冷酷無情、無情無義
pi.do/nun.mul.do/o*p.da

6

外來語篇

음식 낭비하지 마세요.
請不要浪費食物

음식
eum.sik
食物

디저트
di.jo*.teu
飯後甜點
[英] dessert

레스토랑
re.seu.to.rang
西餐廳
[英] restaurant

패스트푸드
pe*.seu.teu.pu.deu
速食、快餐食品
[英] fast food

스테이크
seu.te.i.keu
牛排
[英] steak

스파게티
seu.pa.ge.ti
義大利麵
[義] spaghetti

샐러드
se*l.lo*.deu
生菜沙拉
[英] salad

수프
su.peu
湯品
[英] soup

햄버거
he*m.bo*.go*
漢堡
[英] hamburger

프렌치프라이 peu.ren.chi.peu.ra.i	炸薯條 [英] French fry
핫도그 hat.do.geu	熱狗 [英] hot dog
피자 pi.ja	披薩 [英] pizza
치킨 chi.kin	炸雞 [英] chicken
샌드위치 se*n.deu.wi.chi	三明治 [英] sandwich
푸딩 pu.ding	布丁 [英] pudding
젤리 jel.li	果凍 [英] jelly
판나코타 pan.na.ko.ta	奶酪 [義] Panna cotta
아이스크림 a.i.seu.keu.rim	冰淇淋 [英] ice cream
와플 wa.peul	鬆餅 [英] waffle
크레이프 keu.re.i.peu	可麗餅 [法] crêpe

케이크 ke.i.keu	蛋糕 [英] cake
핫코코아 hat.ko.ko.a	熱可可 [英] hot cocoa
아이스커피 a.i.seu.ko*.pi	冰咖啡 [英] ice coffee
카페라테 ka.pe.ra.te	咖啡拿鐵 [英] caffe latte
카푸치노 ka.pu.chi.no	卡布其諾 [英] cappuccino
블랙커피 beul.le*k.ko*.pi	黑咖啡 [英] black coffee
주스 ju.seu	果汁 [英] juice
콜라 kol.la	可樂 [英] cola
피망 pi.mang	青椒 [法] piment
토마토 to.ma.to	番茄 [英] tomato
햄 he*m	火腿 [英] ham

오렌지 o.ren.ji	柳橙 [英] orange
레몬 re.mon	檸檬 [英] lemon
멜론 mel.lon	哈密瓜 [英] melon
키위 ki.wi	奇異果 [英] kiwi
치즈 chi.jeu	起司 [英] cheese
버터 bo*.to*	黃油 [英] butter
잼 je*m	果醬 [英] jam
요구르트 yo.gu.reu.teu	優酪乳 [德] yogurt
쿠키 ku.ki	餅乾 [英] cookie
초콜릿 cho.kol.lit	巧克力 [英] chocolate
캔디 ke*n.di	糖果 [英] candy

옷이 날개다.
人要衣裝，佛要金裝

의복
ui.bok
衣服

셔츠
syo*.cheu
襯衫
[英] shirt

와이셔츠
wa.i.syo*.cheu
白襯衫
[英] white shirts

폴로셔츠
pol.lo.syo*.cheu
POLO衫
[英] polo shirts

티셔츠
ti.syo*.cheu
T恤
[英] T-shirts

카디건
ka.di.go*n
羊毛衣
[英] cardigan

스웨터
seu.we.to*
毛衣
[英] sweater

코트
ko.teu
大衣外套
[英] coat

캐주얼
ke*.ju.o*l
休閒服
[英] casual

망토 mang.to	披肩 [法] manteau
트렌치 코트 teu.ren.chi/ko.teu	風衣外套 [英] trench coat
쟈켓 jya.ket	夾克 [英] jacket
미니스커트 mi.ni.seu.ko*.teu	迷你裙 [英] miniskirt
원피스 won.pi.seu	連身洋裝 [英] one-piece
타이트스커트 ta.i.teu.seu.ko*.teu	窄裙 [英] tight skirt
브래지어 beu.re*.ji.o*	胸罩 [英] brassiere
캐미솔 ke*.mi.sol	背心式內衣 [英] camisole
팬티 pe*n.ti	內褲 [英] panties
파자마 pa.ja.ma	兩件式睡衣 [英] pajamas
드레스 deu.re.seu	晚禮服 [英] dress

턱시도 to*k.ssi.do	男性晚禮服 [英] tuxedo
웨딩드레스 we.ding.deu.re.seu	婚紗 [英] Wedding dress
나일론 na.il.lon	尼龍 [英] nylon
울 ul	羊毛料 [英] wool
실크 sil.keu	絲 [英] silk
스타일 seu.ta.il	款式 [英] style
사이즈 sa.i.jeu	尺寸 [英] size
슬리퍼 seul.li.po*	拖鞋 [英] slipper
샌들 se*n.deul	涼鞋 [英] sandal
부츠 bu.cheu	靴子 [英] boots
롱부츠 rong.bu.cheu	長筒靴 [英] long boots

가까운 남이 먼 일가보다 낫다.

遠親不如近鄰

집
jip
家

아파트 a.pa.teu	大樓公寓 [英] apartment
원룸 wol.lum	套房 [英] one-room
빌딩 bil.ding	大廈 [英] building
호텔 ho.tel	飯店 [英] hotel
비즈니스 호텔 bi.jeu.ni.seu/ho.tel	商務飯店 [英] business hotel
유스호스텔 yu.seu.ho.seu.tel	青年旅館 [英] youth hostel
모텔 mo.tel	汽車旅館 [英] motel
룸 rum	房間、包廂 [英] room

더블 룸 do*.beul/lum	雙人房 [英] double room
싱글 룸 sing.geul/rum	單人房 [英] single room
스위트룸 seu.wi.teu.rum	套房 [英] suite room
체크인 che.keu.in	入住手續 [英] check-in
체크아웃 che.keu.a.ut	退房 [英] check-out
프런트데스크 peu.ro*n.teu.de.seu.keu	服務台 [英] front desk
벨보이 bel.bo.i	行李員、飯店服務生 [英] bellboy
룸 서비스 rum/so*.bi.seu	客房服務 [英] room service
모닝콜 서비스 mo.ning.kol/so*.bi.seu	叫醒服務 [英] morning call service
로비 ro.bi	大廳 [英] lobby
엘리베이터 el.li.be.i.to*	電梯 [英] elevator

싱글 베드 sing.geul/be.deu	單人床 [英] single bed
더블 베드 do*.beul/be.deu	雙人床 [英] double bed
소파 so.pa	沙發 [英] sofa
텔레비전 tel.le.bi.jo*n	電視機 [英] television
리모컨 ri.mo.ko*n	遙控器 [英] remote control
카펫 ka.pet	地毯 [英] carpet
커튼 ko*.teun	窗簾 [英] curtain
스탠드 seu.te*n.deu	檯燈 [英] stand
가스레인지 ga.seu.re.in.ji	瓦斯爐 [英] gas range
레인지 후드 re.in.ji/hu.deu	抽油煙機 [英] range hood
벨 bel	門鈴 [英] bell

대중교통을 이용합시다.
多多利用大眾交通工具

교통
gyo.tong
交通

버스
bo*.seu
公車
[英] bus

버스 터미널
bo*.seu/to*.mi.no*l
公車總站
[英] bus terminal

티머니
ti.mo*.ni
交通卡
[英] T-money

택시
te*k.ssi
計程車
[英] taxi

렌터카
ren.to*.ka
租車
[英] rent-a-car

트럭
teu.ro*k
卡車
[英] truck

오토바이
o.to.ba.i
摩托車
[英] auto bicycle

핸들
he*n.deul
方向盤
[英] handle

7
動詞篇

몇 시에 가요?
你幾點去？

가다
ga.da
去／往

慣用語：이해가 안 가다　不能理解
군대에 가다　參軍、當兵

會話

A 몇 시에 가요?
myo*t/si.e/ga.yo
你幾點去？

B 저녁 여섯 시에 가요.
jo*.nyo*k/yo*.so*t/si.e/ga.yo
我晚上六點去。

A 그럼 같이 가요.
geu.ro*m/ga.chi/ga.yo
那一起去吧。

相關例句

例 살인자가 감옥에 갔습니다.
sa.rin.ja.ga/ga.mo.ge/gat.sseum.ni.da
殺人犯進了監獄。

例 언제 미국에 갈 거예요?
o*n.je/mi.gu.ge/gal/go*.ye.yo
你什麼時候要去美國？

動詞基本變化

	極尊待法	普通尊待法
現在式敘述形 -ㅂ/습니다. -아/어요.	갑니다.	가요.
現在式疑問形 -ㅂ/습니까? -아/어요?	갑니까?	가요?
過去式敘述形 -았/었-	갔습니다.	갔어요.
過去式疑問形 -았/었-	갔습니까?	갔어요?
命令形 -(으)십시오. -아/어요.	가십시오.	가요.
勸誘形 -(으)시지요. -아/어요.	가시지요.	가요.
未來式 -(으)ㄹ 것이다 -겠-	갈 겁니다. 가겠습니다.	갈 거예요. 가겠어요.
現在進行式 -고 있다	가고 있습니다.	가고 있어요.
否定形 -지 않다 안	가지 않습니다. 안 갑니다.	가지 않아요. 안 가요.

손님이 오셨다.
客人來了

오다
o.da
來

慣用語：비가 오다　下雨
눈이 오다　下雪

會話

A 손님이 오셨다. 얼른 내려 와.
son.ni.mi/o.syo*t.da//o*l.leun/ne*.ryo*/wa
客人來了，趕快下樓。

B 알았어요. 금방 내려 갈게.
a.ra.sso*.yo//geum.bang/ne*.ryo*/gal.ge
知道了，我馬上下去。

相關例句

例 태풍이 와서 집에 있어요.
te*.pung.i/wa.so*/ji.be/i.sso*.yo
颱風來了，所以待在家。

例 저는 대만에서 온 유학생입니다.
jo*.neun/de*.ma.ne.so*/on/yu.hak.sse*ng.im.ni.da
我是從台灣來的留學生。

例 다음 주 목요일이나 토요일에 오세요.
da.eum/ju/mo.gyo.i.ri.na/to.yo.i.re/o.se.yo
請你下周四或下周六過來。

動詞基本變化

	極尊待法	普通尊待法
現在式敘述形 -ㅂ/습니다. -아/어요.	옵니다.	와요.
現在式疑問形 -ㅂ/습니까? -아/어요?	옵니까?	와요?
過去式敘述形 -았/었-	왔습니다.	왔어요.
過去式疑問形 -았/었-	왔습니까?	왔어요?
命令形 -(으)십시오. -아/어요.	오십시오.	와요.
勸誘形 -(으)시지요. -아/어요.	오시지요.	와요.
未來式 -(으)ㄹ 것이다 -겠-	올 겁니다. 오겠습니다.	올 거예요. 오겠어요.
現在進行式 -고 있다	오고 있습니다.	오고 있어요.
否定形 -지 않다 안	오지 않습니다. 안 옵니다.	오지 않아요. 안 와요.

오후에 뭐 했어요?
你下午在做什麼？

하다
ha.da
做

慣用語：일을 하다　工作、做事
산책을 하다　散步

會話一

A 오후에 뭐 했어요?
o.hu.e/mwo/he*.sso*.yo
你下午在做什麼？

B 방에서 숙제를 했어요.
bang.e.so*/suk.jje.reul/he*.sso*.yo
我在房間寫作業。

A 우리 저녁에 집에서 요리할까요?
u.ri/jo*.nyo*.ge/ji.be.so*/yo.ri.hal.ga.yo
我們晚上在家裡煮飯吃，好嗎？

會話二

A 수업 끝나고 나서 뭐 할 거예요?
su.o*p/geun.na.go/na.so*/mwo/hal/go*.ye.yo
你下課後要做什麼？

B 아르바이트 하러 갈 거예요.
a.reu.ba.i.teu/ha.ro*/gal/go*.ye.yo
我要去打工。

動詞基本變化

	極尊待法	普通尊待法
現在式敘述形 -ㅂ/습니다. -아/어요.	합니다.	해요.
現在式疑問形 -ㅂ/습니까? -아/어요?	합니까?	해요?
過去式敘述形 -았/었-	했습니다.	했어요.
過去式疑問形 -았/었-	했습니까?	했어요?
命令形 -(으)십시오. -아/어요.	하십시오.	해요.
勸誘形 -(으)시지요. -아/어요.	하시지요.	해요.
未來式 -(으)ㄹ 것이다 -겠-	할 겁니다. 하겠습니다.	할 거예요. 하겠어요.
現在進行式 -고 있다	하고 있습니다.	하고 있어요.
否定形 -지 않다 안	하지 않습니다. 안 합니다.	하지 않아요. 안 해요.

시장에서 뭐 샀어요?
你在市場買了什麼？

사다
sa.da
買

慣用語：표를 사다　買票
동정을 사다　求得同情

會話

A 시장에서 뭐 샀어요?
si.jang.e.so*/mwo/sa.sso*.yo
你在市場買了什麼？

B 돼지고기하고 상추를 샀어.
dwe*.ji.go.gi.ha.go/sang.chu.reul/ssa.sso*
我買了豬肉和生菜。

B 오늘 집에서 불고기 먹자.
o.neul/jji.be.so*/bul.go.gi/mo*k.jja
我們今天在家裡吃烤肉吧。

相關例句

例 돈이 있어야 집을 살 수 있어요.
do.ni/i.sso*.ya/ji.beul/ssal/ssu/i.sso*.yo
要有錢才可以買房子。

例 어머니가 시장에서 생선 한 마리를 사셨어요.
o*.mo*.ni.ga/si.jang.e.so*/se*ng.so*n/han/ma.ri.reul/ssa.syo*.sso*.yo
媽媽在市場買了一隻魚。

動詞基本變化

	極尊待法	普通尊待法
現在式敘述形 -ㅂ/습니다. -아/어요.	삽니다.	사요.
現在式疑問形 -ㅂ/습니까? -아/어요?	삽니까?	사요?
過去式敘述形 -았/었-	샀습니다.	샀어요.
過去式疑問形 -았/었-	샀습니까?	샀어요?
命令形 -(으)십시오. -아/어요.	사십시오.	사요.
勸誘形 -(으)시지요. -아/어요.	사시지요.	사요.
未來式 -(으)ㄹ 것이다 -겠-	살 겁니다. 사겠습니다.	살 거예요. 사겠어요.
現在進行式 -고 있다	사고 있습니다.	사고 있어요.
否定形 -지 않다 안	사지 않습니다. 안 삽니다.	사지 않아요. 안 사요.

다섯 개 주세요.
給我五個

주다
ju.da
給

慣用語：상처를 주다　使人受傷
기회를 주다　給予機會

會話

A 귤 다섯 개에 이천원입니다.
gyul/da.so*t/ge*.e/i.cho*.nwo.nim.ni.da
橘子五個兩千韓圜。

B 그럼 다섯 개 주세요.
geu.ro*m/da.so*t/ge*/ju.se.yo
那請給我五個橘子。

相關例句

例 주고 싶은 게 있는데 잠깐 나올 수 있어요?
ju.go/si.peun/ge/in.neun.de/jam.gan/na.ol/su/i.sso*.yo
我有東西要給你，你可以出來一下嗎？

例 그 책은 나한테 줘. 빨리!
geu/che*.geun/na.han.te/jwo//bal.li
拿那本書給我，快點！

例 선생님께 선물을 드렸어요.
so*n.se*ng.nim.ge/so*n.mu.reul/deu.ryo*.sso*.yo
送了禮物給老師。

動詞基本變化

	極尊待法	普通尊待法
現在式敘述形 -ㅂ/습니다. -아/어요.	줍니다.	줘요.
現在式疑問形 -ㅂ/습니까? -아/어요?	줍니까?	줘요?
過去式敘述形 -았/었-	줬습니다.	줬어요.
過去式疑問形 -았/었-	줬습니까?	줬어요?
命令形 -(으)십시오. -아/어요.	주십시오.	줘요.
勸誘形 -(으)시지요. -아/어요.	주시지요.	줘요.
未來式 -(으)ㄹ 것이다 -겠-	줄 겁니다. 주겠습니다.	줄 거예요. 주겠어요.
現在進行式 -고 있다	주고 있습니다.	주고 있어요.
否定形 -지 않다 안	주지 않습니다. 안 줍니다.	주지 않아요. 안 줘요.

전화를 받지 마세요.
不要接電話

받다
bat.da
收、拿

慣用語：존경을 받다　受尊敬
뇌물을 받다　收賄

會 話

A 이건 제가 만든 케이크입니다. 받으세요.
i.go*n/je.ga/man.deun/ke.i.keu.im.ni.da//ba.deu.se.yo
這是我做的蛋糕，請收下。

B 고맙습니다. 맛있게 먹겠습니다.
go.map.sseum.ni.da//ma.sit.ge/mo*k.get.sseum.ni.da
謝謝，我會好好享用的。

相關例句

例 전화를 받지 마세요.
jo*n.hwa.reul/bat.jji/ma.se.yo
不要接電話。

例 새해 복 많이 받으세요.
se*.he*/bong/ma.ni/ba.deu.se.yo
新年快樂！

例 생일 선물을 많이 받아서 기뻐요.
se*ng.il/so*n.mu.reul/ma.ni/ba.da.so*/gi.bo*.yo
收到了很多生日禮物很高興。

動詞基本變化

	極尊待法	普通尊待法
現在式敘述形 -ㅂ/습니다. -아/어요.	받습니다.	받아요.
現在式疑問形 -ㅂ/습니까? -아/어요?	받습니까?	받아요?
過去式敘述形 -았/었-	받았습니다.	받았어요.
過去式疑問形 -았/었-	받았습니까?	받았어요?
命令形 -(으)십시오. -아/어요.	받으십시오.	받아요.
勸誘形 -(으)시지요. -아/어요.	받으시지요.	받아요.
未來式 -(으)ㄹ 것이다 -겠-	받을 겁니다. 받겠습니다.	받을 거예요. 받겠어요.
現在進行式 -고 있다	받고 있습니다.	받고 있어요.
否定形 -지 않다 안	받지 않습니다. 안 받습니다.	받지 않아요. 안 받아요.

만나서 반갑습니다
很高興見到你

만나다
man.na.da
見面

慣用語：친구를 만나다　見朋友
常用短句：만나서 반갑습니다　很高興見到你

會話

A 우리 몇 시, 어디서 만나요?
u.ri/myo*t/si//o*.di.so*/man.na.yo
我們幾點，在哪裡見面？

B 오전 일곱 시, 명동역 일번 출구에서 만나요.
o.jo*n/il.gop/si//myo*ng.dong.yo*k/il.bo*n/chul.gu.e.so*/man.na.yo
上午七點，在明洞站一號出口見吧。

相關例句

例 아침에 누구를 만났어요?
a.chi.me/nu.gu.reul/man.na.sso*.yo
你早上跟誰見面？

例 우리 다시 만났으면 좋겠어요.
u.ri/da.si/man.na.sseu.myo*n/jo.ke.sso*.yo
希望我們可以再見面。

動詞基本變化

	極尊待法	普通尊待法
現在式敘述形 -ㅂ/습니다. -아/어요.	만납니다.	만나요.
現在式疑問形 -ㅂ/습니까? -아/어요?	만납니까?	만나요?
過去式敘述形 -았/었-	만났습니다.	만났어요.
過去式疑問形 -았/었-	만났습니까?	만났어요?
命令形 -(으)십시오. -아/어요.	만나십시오.	만나요.
勸誘形 -(으)시지요. -아/어요.	만나시지요.	만나요.
未來式 -(으)ㄹ 것이다 -겠-	만날 겁니다. 만나겠습니다.	만날 거예요. 만나겠어요.
現在進行式 -고 있다	만나고 있습니다.	만나고 있어요.
否定形 -지 않다 안	만나지 않습니다. 안 만납니다.	만나지 않아요. 안 만나요.

뭘 봐요?
你在看什麼？

보다
bo.da
看

慣用語：시장을 보다　趕集、買菜
면접을 보다　參加面試

會 話

A 뭘 봐요?
mwol/bwa.yo
你在看什麼？

B 소설책을 봐요. 완전 재미있어요.
so.so*l.che*.geul/bwa.yo//wan.jo*n/je*.mi.i.sso*.yo
我在看小説，超好看！

相關例句

例 내일 시험을 봐야 하는데 이만 잘게요.
ne*.il/si.ho*.meul/bwa.ya/ha.neun.de/i.man/jal.ge.yo
我明天要考試，先去睡了。

例 영화를 보러 가자.
yo*ng.hwa.reul/bo.ro*/ga.ja
我們去看電影吧。

例 부모님이 보고 싶어요.
bu.mo.ni.mi/bo.go/si.po*.yo
我想念爸媽。

動詞基本變化

	極尊待法	普通尊待法
現在式敘述形 -ㅂ/습니다. -아/어요.	봅니다.	봐요.
現在式疑問形 -ㅂ/습니까? -아/어요?	봅니까?	봐요?
過去式敘述形 -았/었-	봤습니다.	봤어요.
過去式疑問形 -았/었-	봤습니까?	봤어요?
命令形 -(으)십시오. -아/어요.	보십시오.	봐요.
勸誘形 -(으)시지요. -아/어요.	보시지요.	봐요.
未來式 -(으)ㄹ 것이다 -겠-	볼 겁니다. 보겠습니다.	볼 거예요. 보겠어요.
現在進行式 -고 있다	보고 있습니다.	보고 있어요.
否定形 -지 않다 안	보지 않습니다. 안 봅니다.	보지 않아요. 안 봐요.

어떤 책을 즐겨 읽어요?
你喜歡看什麼書？

읽다
ik.da
閱讀、念

慣用語：잡지를 읽다　看雜誌
　　　　책을 읽다　看書

會話

A 어떤 책을 즐겨 읽어요?
o*.do*n/che*.geul/jjeul.gyo*/il.go*.yo
你喜歡看什麼書？

B 저 추리 소설을 읽는 거 좋아해요.
jo*/chu.ri/so.so*.reul/ing.neun/go*/jo.a.he*.yo
我喜歡看推理小說。

相關例句

例 아침을 먹으면서 신문을 읽어요.
a.chi.meul/mo*.geu.myo*n.so*/sin.mu.neul/il.go*.yo
一邊吃早餐，一邊看報紙。

例 이 단어는 어떻게 읽어요?
i/da.no*.neun/o*.do*.ke/il.go*.yo
這個單字要怎麼念？

例 큰 소리로 따라 읽어 보세요.
keun/so.ri.ro/da.ra/il.go*/bo.se.yo
請你大聲跟著我念。

動詞基本變化

	極尊待法	普通尊待法
現在式敘述形 -ㅂ/습니다. -아/어요.	읽습니다.	읽어요.
現在式疑問形 -ㅂ/습니까? -아/어요?	읽습니까?	읽어요?
過去式敘述形 -았/었-	읽었습니다.	읽었어요.
過去式疑問形 -았/었-	읽었습니까?	읽었어요?
命令形 -(으)십시오. -아/어요.	읽으십시오.	읽어요.
勸誘形 -(으)시지요. -아/어요.	읽으시지요.	읽어요.
未來式 -(으)ㄹ 것이다 -겠-	읽을 겁니다. 읽겠습니다.	읽을 거예요. 읽겠어요.
現在進行式 -고 있다	읽고 있습니다.	읽고 있어요.
否定形 -지 않다 안	읽지 않습니다. 안 읽습니다.	읽지 않아요. 안 읽어요.

이상한 소문을 들었어요.
我聽到了奇怪的傳聞。

듣다
deut.da
聽

慣用語：음악을 듣다　聽音樂
강의를 듣다　聽課、聽講

會話

A 공부할 때 음악을 들어요?
gong.bu.hal/de*/eu.ma.geul/deu.ro*.yo
你念書會聽音樂嗎？

B 예, 그렇게 하면 잠이 덜 오고 집중도 잘 된다고 생각해요.
ye//geu.ro*.ke/ha.myo*n/ja.mi/do*l/o.go/jip.jjung.do/jal/dwen.da.go/se*ng.ga.ke*.yo
會，我覺得那樣才不會想睡覺，也比較能集中精神。

相關例句

例 이상한 소문을 들었어요.
i.sang.han/so.mu.neul/deu.ro*.sso*.yo
我聽到了奇怪的傳聞。

例 제발 그러지 말고 한 번만 내 말을 들어 줘.
je.bal/geu.ro*.ji/mal.go/han/bo*n.man/ne*/ma.reul/deu.ro*/jwo
求你別那樣，先聽我說好嗎？

動詞基本變化

	極尊待法	普通尊待法
現在式敘述形 -ㅂ/습니다. -아/어요.	듣습니다.	들어요.
現在式疑問形 -ㅂ/습니까? -아/어요?	듣습니까?	들어요?
過去式敘述形 -았/었-	들었습니다.	들었어요.
過去式疑問形 -았/었-	들었습니까?	들었어요?
命令形 -(으)십시오. -아/어요.	들으십시오.	들어요.
勸誘形 -(으)시지요. -아/어요.	들으시지요.	들어요.
未來式 -(으)ㄹ 것이다 -겠-	들을 겁니다. 듣겠습니다.	들을 거예요. 듣겠어요.
現在進行式 -고 있다	듣고 있습니다.	듣고 있어요.
否定形 -지 않다 안	듣지 않습니다. 안 듣습니다.	듣지 않아요. 안 들어요.

제 의견을 말해 봐도 됩니까?
我可以說說我的意見嗎？

말하다
mal.ha.da
說

慣用語：말을 하다　說話
애기를 하다　說話、說事情

會話

A 제 의견을 말해 봐도 됩니까?
je/ui.gyo*.neul/mal.he*/bwa.do/dwem.ni.ga
我可以說說我的意見嗎？

B 그래. 말해 봐.
geu.re*//mal.he*/bwa
可以，你說吧！

相關例句

例 어서 말하지 못해!
o*.so*/mal.ha.jji/mo.te*
你還不趕快說嗎？

例 왜 나한테 말 안 했어요?
we*/na.han.te/mal/an/he*.sso*.yo
你為什麼沒跟我說？

例 천천히 말씀하세요.
cho*n.cho*n.hi/mal.sseum.ha.se.yo
請您慢慢說。

動詞基本變化

	極尊待法	普通尊待法
現在式敘述形 -ㅂ/습니다. -아/어요.	말합니다.	말해요.
現在式疑問形 -ㅂ/습니까? -아/어요?	말합니까?	말해요?
過去式敘述形 -았/었-	말했습니다.	말했어요.
過去式疑問形 -았/었-	말했습니까?	말했어요?
命令形 -(으)십시오. -아/어요.	말씀하십시오.	말해요.
勸誘形 -(으)시지요. -아/어요.	말씀하시지요.	말해요.
未來式 -(으)ㄹ 것이다 -겠-	말할 겁니다. 말하겠습니다.	말할 거예요. 말하겠어요.
現在進行式 -고 있다	말하고 있습니다.	말하고 있어요.
否定形 -지 않다 안	말하지 않습니다. 말 안 합니다.	말하지 않아요. 말 안 해요.

※말하다的敬語為「말씀하시다」。

질문 하나 물어 봐도 될까요?
我可以問一個問題嗎？

묻다
mut.da
問

慣用語：길을 묻다　問路
　　　　책임을 묻다　追究責任

會話

A 질문 하나 물어 봐도 될까요?
jil.mun/ha.na/mu.ro*/bwa.do/dwel.ga.yo
我可以問一個問題嗎？

B 물론입니다. 물어 보세요.
mul.lo.nim.ni.da//mu.ro*/bo.se.yo
當然可以，請問。

相關例句

例 궁금하면 아버지한테 물어 봐.
gung.geum.ha.myo*n/a.bo*.ji.han.te/mu.ro*/bwa
想知道就去問爸爸。

例 그런 건 왜 갑자기 물으시지요?
geu.ro*n/go*n/we*/gap.jja.gi/mu.reu.si.ji.yo
為什麼突然問起那個呢？

例 남의 사생활에 대해서는 묻지 마요.
na.me/sa.se*ng.hwa.re/de*.he*.so*.neun/mut.jji/ma.yo
不要過問別人的私生活。

動詞基本變化

	極尊待法	普通尊待法
現在式敘述形 -ㅂ/습니다. -아/어요.	묻습니다.	물어요.
現在式疑問形 -ㅂ/습니까? -아/어요?	묻습니까?	물어요?
過去式敘述形 -았/었-	물었습니다.	물었어요.
過去式疑問形 -았/었-	물었습니까?	물었어요?
命令形 -(으)십시오. -아/어요.	물으십시오.	물어요.
勸誘形 -(으)시지요. -아/어요.	물으시지요.	물어요.
未來式 -(으)ㄹ 것이다 -겠-	물을 겁니다. 묻겠습니다.	물을 거예요. 묻겠어요.
現在進行式 -고 있다	묻고 있습니다.	묻고 있어요.
否定形 -지 않다 안	묻지 않습니다. 안 묻습니다.	묻지 않아요. 안 물어요.

치킨을 먹고 싶네요.
我想吃炸雞

먹다
mo*k.da
吃

慣用語：술을 먹다　喝酒
　　　　욕을 먹다　挨罵

會話

A 오늘 점심으로 뭘 먹었어요?
o.neul/jjo*m.si.meu.ro/mwol/mo*.go*.sso*.yo
今天午餐你吃了什麼？

B 도시락을 먹었어요.
do.si.ra.geul/mo*.go*.sso*.yo
我吃了便當。

相關例句

例 치킨을 먹고 싶네요.
chi.ki.neul/mo*k.go/sim.ne.yo
我想吃炸雞。

例 나 약 안 먹어요.
na/yak/an/mo*.go*.yo
我不吃藥。

例 저는 지금 빵을 먹고 있어요.
jo*.neun/ji.geum/bang.eul/mo*k.go/i.sso*.yo
我現在在吃麵包。

動詞基本變化

	極尊待法	普通尊待法
現在式敘述形 -ㅂ/습니다. -아/어요.	먹습니다.	먹어요.
現在式疑問形 -ㅂ/습니까? -아/어요?	먹습니까?	먹어요?
過去式敘述形 -았/었-	먹었습니다.	먹었어요.
過去式疑問形 -았/었-	먹었습니까?	먹었어요?
命令形 -(으)십시오. -아/어요.	드십시오.	먹어요.
勸誘形 -(으)시지요. -아/어요.	드시지요.	먹어요.
未來式 -(으)ㄹ 것이다 -겠-	먹을 겁니다. 먹겠습니다.	먹을 거예요. 먹겠어요.
現在進行式 -고 있다	먹고 있습니다.	먹고 있어요.
否定形 -지 않다 안	먹지 않습니다. 안 먹습니다.	먹지 않아요. 안 먹어요.

※드시다為먹다（吃）和마시다（喝）的敬語。

여기에 앉으세요.
請坐這裡

앉다
an.da
坐

慣用語：먼지가 앉다　積灰塵
相反詞：일어나다　　起來、起床

會 話

A 여기에 앉으세요.
yo*.gi.e/an.jeu.se.yo
請坐這裡。

B 고맙습니다.
go.map.sseum.ni.da
謝謝。

A 커피 한 잔 하시겠어요?
ko*.pi/han/jan/ha.si.ge.sso*.yo
您要喝杯咖啡嗎？

相關例句

例 앞쪽 자리에 앉고 싶습니다.
ap.jjok/ja.ri.e/an.go/sip.sseum.ni.da
我想坐前面的位子。

例 이 자리가 비어 있습니까? 제가 앉아도 될까요?
i/ja.ri.ga/bi.o*/it.sseum.ni.ga//je.ga/an.ja.do/dwel.ga.yo
這個位子沒有人坐嗎？我可以坐嗎？

動詞基本變化

	極尊待法	普通尊待法
現在式敘述形 -ㅂ/습니다. -아/어요.	앉습니다.	앉아요.
現在式疑問形 -ㅂ/습니까? -아/어요?	앉습니까?	앉아요?
過去式敘述形 -았/었-	앉았습니다.	앉았어요.
過去式疑問形 -았/었-	앉았습니까?	앉았어요?
命令形 -(으)십시오. -아/어요.	앉으십시오.	앉아요.
勸誘形 -(으)시지요. -아/어요.	앉으시지요.	앉아요.
未來式 -(으)ㄹ 것이다 -겠-	앉을 겁니다. 앉겠습니다.	앉을 거예요. 앉겠어요.
否定形 -지 않다 안	앉지 않습니다. 안 앉습니다.	앉지 않아요. 안 앉아요.

잘 자요.
晚安

자다
ja.da
睡覺

慣用語：낮잠을 자다　睡午覺
相　關：잠이 안 오다　睡不著

會 話

A 너무 졸려요.
no*.mu/jol.lyo*.yo
好想睡！

B 얼른 씻고 자!
o*l.leun/ssit.go/ja
趕快洗澡睡覺了！

相關例句

例 잘 자요.
jal/jja.yo
晚安！

例 요새 잠을 많이 못 잤어요.
yo.se*/ja.meul/ma.ni/mot/ja.sso*.yo
最近睡不好。

例 너무 피곤해서 먼저 잘게요.
no*.mu/pi.gon.he*.so*/mo*n.jo*/jal.ge.yo
我很累先去睡了。

動詞基本變化

	極尊待法	普通尊待法
現在式敘述形 -ㅂ/습니다. -아/어요.	잡니다.	자요.
現在式疑問形 -ㅂ/습니까? -아/어요?	잡니까?	자요?
過去式敘述形 -았/었-	잤습니다.	잤어요.
過去式疑問形 -았/었-	잤습니까?	잤어요?
命令形 -(으)십시오. -아/어요.	주무십시오.	자요.
勸誘形 -(으)시지요. -아/어요.	주무시지요.	자요.
未來式 -(으)ㄹ 것이다 -겠-	잘 겁니다. 자겠습니다.	잘 거예요. 자겠어요.
現在進行式 -고 있다	자고 있습니다.	자고 있어요.
否定形 -지 않다 안	자지 않습니다. 안 잡니다.	자지 않아요. 안 자요.

※주무시다是자다（睡覺）的敬語

오토바이를 탈 줄 아세요?
你會騎機車嗎？

타다
ta.da
搭車

慣用語：버스를 타다　搭公車
지하철을 타다　搭地鐵

會話

A 아, 버스를 놓쳤다. 어떡해?
a//bo*.seu.reul/not.cho*t.da//o*.do*.ke*
啊！我錯過公車了，怎麼辦？

B 시간이 없으니까 택시를 타자.
si.ga.ni/o*p.sseu.ni.ga/te*k.ssi.reul/ta.ja
沒有時間了，我們搭計程車吧！

B 얼른 택시 좀 잡아 봐!
o*l.leun/te*k.ssi/jom/ja.ba/bwa
趕快攔計程車。

相關例句

例 몇 시의 비행기를 타셨죠?
myo*t/ssi.e/bi.he*ng.gi.reul/ta.syo*t.jjyo
您是搭幾點的飛機呢？

例 타요. 내가 데려다 줄게요.
ta.yo//ne*.ga/de.ryo*.da/jul.ge.yo
上車吧！我送你去。

動詞基本變化

	極尊待法	普通尊待法
現在式敘述形 -ㅂ/습니다. -아/어요.	탑니다.	타요.
現在式疑問形 -ㅂ/습니까? -아/어요?	탑니까?	타요?
過去式敘述形 -았/었-	탔습니다.	탔어요.
過去式疑問形 -았/었-	탔습니까?	탔어요?
命令形 -(으)십시오. -아/어요.	타십시오.	타요.
勸誘形 -(으)시지요. -아/어요.	타시지요.	타요.
未來式 -(으)ㄹ 것이다 -겠-	탈 겁니다. 타겠습니다.	탈 거예요. 타겠어요.
現在進行式 -고 있다	타고 있습니다.	타고 있어요.
否定形 -지 않다 안	타지 않습니다. 안 탑니다.	타지 않아요. 안 타요.

친구를 기다리고 있어요.
我在等朋友

기다리다
gi.da.ri.da
等待

相關：줄을 서다　排隊
버스를 기다리다　等公車

會話

A 여기서 뭐 해요?
yo*.gi.so*/mwo/he*.yo
你在這裡做什麼？

B 친구를 기다리고 있어요.
chin.gu.reul/gi.da.ri.go/i.sso*.yo
我在等朋友。

A 내가 같이 기다려 줄까?
ne*.ga/ga.chi/gi.da.ryo*/jul.ga
要我陪你等嗎？

相關例句

例 조금만 더 좋은 기회를 기다리자.
jo.geum.man/do*/jo.eun/gi.hwe.reul/gi.da.ri.ja
我們再等更好一點的機會吧！

例 나를 기다리지 마.
na.reul/gi.da.ri.ji/ma
不要等我！

動詞基本變化

	極尊待法	普通尊待法
現在式敘述形 -ㅂ/습니다. -아/어요.	기다립니다.	기다려요.
現在式疑問形 -ㅂ/습니까? -아/어요?	기다립니까?	기다려요?
過去式敘述形 -았/었-	기다렸습니다.	기다렸어요.
過去式疑問形 -았/었-	기다렸습니까?	기다렸어요?
命令形 -(으)십시오. -아/어요.	기다리십시오.	기다려요.
勸誘形 -(으)시지요. -아/어요.	기다리시지요.	기다려요.
未來式 -(으)ㄹ 것이다 -겠-	기다릴 겁니다. 기다리겠습니다.	기다릴 거예요. 기다리겠어요.
現在進行式 -고 있다	기다리고 있습니다.	기다리고 있어요.
否定形 -지 않다 안	기다리지 않습니다. 안 기다립니다.	기다리지 않아요. 안 기다려요.

한 번 웃어 봐. 힘내.

笑一個吧！加油！

웃다
ut.da
笑

相關：미소를 짓다　帶著微笑
　　　웃음거리　　笑柄、笑料

會話

A 내가 어떻게든 도와 줄게. 그러니까 울지 마.
ne*.ga/o*.do*.ke.deun/do.wa/jul.ge//geu.ro*.ni.ga/ul.ji/ma
我會想辦法幫你的，所以不要哭！

B 정말 날 도와 줄 거야?
jo*ng.mal/nal/do.wa/jul/go*.ya
你真的會幫我嗎？

A 그래. 한 번 웃어 봐. 힘내.
geu.re*//han/bo*n/u.so*/bwa//him.ne*
會的，笑一個吧！加油！

相關例句

例 그렇게 바보같이 웃지 마.
geu.ro*.ke/ba.bo.ga.chi/ut.jji/ma
你不要笑得那麼傻！

例 왜 웃어요? 내가 우습게 보여요?
we*/u.so*.yo//ne*.ga/u.seup.ge/bo.yo*.yo
你笑什麼？我看起來很可笑嗎？

動詞基本變化

	極尊待法	普通尊待法
現在式敘述形 -ㅂ/습니다. -아/어요.	웃습니다.	웃어요.
現在式疑問形 -ㅂ/습니까? -아/어요?	웃습니까?	웃어요?
過去式敘述形 -았/었-	웃었습니다.	웃었어요.
過去式疑問形 -았/었-	웃었습니까?	웃었어요?
命令形 -(으)십시오. -아/어요.	웃으십시오.	웃어요.
勸誘形 -(으)시지요. -아/어요.	웃으시지요.	웃어요.
未來式 -(으)ㄹ 것이다 -겠-	웃을 겁니다. 웃겠습니다.	웃을 거예요. 웃겠어요.
現在進行式 -고 있다	웃고 있습니다.	웃고 있어요.
否定形 -지 않다 안	웃지 않습니다. 안 웃습니다.	웃지 않아요. 안 웃어요.

•track 205

너 눈이 왜 그래? 울었어?
你眼睛怎麼了？哭了嗎？

울다
ul.da
哭

慣用語：닭이 울다　雞啼
相反詞：웃다　笑

會話

A 너 눈이 왜 그래? 울었어? 무슨 일이야?
no*/nu.ni/we*/geu.re*//u.ro*.sso*//mu.seun/i.ri.ya
你眼睛怎麼了？哭了嗎？發生什麼事了？

A 또 민석 오빠랑 싸웠어?
do/min.so*k/o.ba.rang/ssa.wo.sso*
又跟珉碩哥吵架了嗎？

B 이번에 진짜 끝났어.
i.bo*.ne/jin.jja/geun.na.sso*
這次真的結束了。

相關例句

例 어제 영화 보고 많이 울었어요.
o*.je/yo*ng.hwa/bo.go/ma.ni/u.ro*.sso*.yo
昨天看電影哭得很慘。

例 다시는 울지 않겠다.
da.si.neun/ul.ji/an.ket.da
我不會再哭了。

動詞基本變化

	極尊待法	普通尊待法
現在式敘述形 -ㅂ/습니다. -아/어요.	웁니다.	울어요.
現在式疑問形 -ㅂ/습니까? -아/어요?	웁니까?	울어요?
過去式敘述形 -았/었-	울었습니다.	울었어요.
過去式疑問形 -았/었-	울었습니까?	울었어요?
命令形 -(으)십시오. -아/어요.	우십시오.	울어요.
勸誘形 -(으)시지요. -아/어요.	우시지요.	울어요.
未來式 -(으)ㄹ 것이다 -겠-	울 겁니다. 울겠습니다.	울 거예요. 울겠어요.
現在進行式 -고 있다	울고 있습니다.	울고 있어요.
否定形 -지 않다 안	울지 않습니다. 안 웁니다.	울지 않아요. 안 울어요.

한복을 입어 보고 싶어요.
我想穿看看韓服

입다
ip.da
穿（衣）

慣用語：옷을 입다　穿衣服
바지를 입다　穿褲子

會話

A 검은색 옷을 입은 사람이 누구예요?
go*.meun.se*k/o.seul/i.beun/sa.ra.mi/nu.gu.ye.yo
穿黑色衣服的人是誰？

B 내 회사 동료예요.
ne*/hwe.sa/dong.nyo.ye.yo
是我公司同事。

相關例句

例 한복을 입어 보고 싶어요.
han.bo.geul/i.bo*/bo.go/si.po*.yo
我想穿看看韓服。

例 오늘 예쁜 웨딩드레스를 입어 봤어요.
o.neul/ye.beun/we.ding.deu.re.seu.reul/i.bo*/bwa.sso*.yo
今天我穿了漂亮的結婚禮服。

例 너 지금 입고 있는 그 옷은 내 거야.
no*/ji.geum/ip.go/in.neun/geu/o.seun/ne*/go*.ya
你現在穿的那件衣服是我的。

動詞基本變化

	極尊待法	普通尊待法
現在式敘述形 -ㅂ/습니다. -아/어요.	입습니다.	입어요.
現在式疑問形 -ㅂ/습니까? -아/어요?	입습니까?	입어요?
過去式敘述形 -았/었-	입었습니다.	입었어요.
過去式疑問形 -았/었-	입었습니까?	입었어요?
命令形 -(으)십시오. -아/어요.	입으십시오.	입어요.
勸誘形 -(으)시지요. -아/어요.	입으시지요.	입어요.
未來式 -(으)ㄹ 것이다 -겠-	입을 겁니다. 입겠습니다.	입을 거예요. 입겠어요.
現在進行式 -고 있다	입고 있습니다.	입고 있어요.
否定形 -지 않다 안	입지 않습니다. 안 입습니다.	입지 않아요. 안 입어요.

이거 신어 봐도 되죠?
我可以試穿這個嗎？

신다
sin.da
穿（鞋）

慣用語：양말을 신다　穿襪子
운동화를 신다　穿運動鞋

會話

A 언니, 이거 신어 봐도 되죠?
o*n.ni//i.go*/si.no*/bwa.do/dwe.jyo
姊，我可以試穿這個嗎？

B 네, 발 사이즈는 어떻게 되세요?
ne//bal/ssa.i.jeu.neun/o*.do*.ke/dwe.se.yo
可以，你腳穿幾號呢？

相關例句

例 새 구두를 신으면 발이 아파요.
se*/gu.du.reul/ssi.neu.myo*n/ba.ri/a.pa.yo
穿新鞋，腳會痛。

例 너 양말 안 신었어?
no*/yang.mal/an/si.no*.sso*
你沒穿襪子嗎？

例 저는 높은 구두를 안 신습니다.
jo*.neun/no.peun/gu.du.reul/an/sin.seum.ni.da
我不穿高跟鞋。

動詞基本變化

	極尊待法	普通尊待法
現在式敘述形 -ㅂ/습니다. -아/어요.	신습니다.	신어요.
現在式疑問形 -ㅂ/습니까? -아/어요?	신습니까?	신어요?
過去式敘述形 -았/었-	신었습니다.	신었어요.
過去式疑問形 -았/었-	신었습니까?	신었어요?
命令形 -(으)십시오. -아/어요.	신으십시오.	신어요.
勸誘形 -(으)시지요. -아/어요.	신으시지요.	신어요.
未來式 -(으)ㄹ 것이다 -겠-	신을 겁니다. 신겠습니다.	신을 거예요. 신겠어요.
現在進行式 -고 있다	신고 있습니다.	신고 있어요.
否定形 -지 않다 안	신지 않습니다. 안 신습니다.	신지 않아요. 안 신어요.

천천히 걸어요.
慢慢走

걷다
go*t.da
走路

慣用語：길을 걷다　走路
相反詞：달리다　跑　뛰다　跑、跳

會話

A 지하철역까지 걸어서 몇 분이에요?
ji.ha.cho*.ryo*k.ga.ji/go*.ro*.so*/myo*t/bu.ni.e.yo
走路到地鐵站要幾分鐘？

B 약 십분이에요. 가까운 편이에요.
yak/sip.bu.ni.e.yo//ga.ga.un/pyo*.ni.e.yo
大約十分鐘，算很近。

相關例句

例 여기서 걸어 가면 머나요?
yo*.gi.so*/go*.ro*/ga.myo*n/mo*.na.yo
從這裡走過去會很遠嗎？

例 천천히 걸어요.
cho*n.cho*n.hi/go*.ro*.yo
慢慢走。

例 뛰지 말고 걸어라.
dwi.ji/mal.go/go*.ro*.ra
不要用跑的，用走的。

動詞基本變化

	極尊待法	普通尊待法
現在式敘述形 -ㅂ/습니다. -아/어요.	걷습니다.	걸어요.
現在式疑問形 -ㅂ/습니까? -아/어요?	걷습니까?	걸어요?
過去式敘述形 -았/었-	걸었습니다.	걸었어요.
過去式疑問形 -았/었-	걸었습니까?	걸었어요?
命令形 -(으)십시오. -아/어요.	걸으십시오.	걸어요.
勸誘形 -(으)시지요. -아/어요.	걸으시지요.	걸어요.
未來式 -(으)ㄹ 것이다 -겠-	걸을 겁니다. 걷겠습니다.	걸을 거예요. 걷겠어요.
現在進行式 -고 있다	걷고 있습니다.	걷고 있어요.
否定形 -지 않다 안	걷지 않습니다. 안 걷습니다.	걷지 않아요. 안 걸어요.

학교에서 뭐 배웠어요?
你在學校學了什麼？

배우다
be*.u.da
學習

慣用語：기술을 배우다　學技術
相反詞：가르치다　教導

會話

A 오늘 학교에서 뭐 배웠어요?
o.neul/hak.gyo.e.so*/mwo/be*.wo.sso*.yo
你今天在學校學了什麼？

B 제일과를 배웠어요.
je.il.gwa.reul/be*.wo.sso*.yo
學了第一課。

相關例句

例 수영을 배우겠어요.
su.yo*ng.eul/be*.u.ge.sso*.yo
我要學游泳。

例 얼마 동안 한국어를 배웠어요?
o*l.ma/dong.an/han.gu.go*.reul/be*.wo.sso*.yo
你韓語學了多長時間？

例 가장 배우기 쉬운 것이 금관악기입니다.
ga.jang/be*.u.gi/swi.un/go*.si/geum.gwa.nak.gi.im.ni.da
最好學的樂器是銅管樂器。

動詞基本變化

	極尊待法	普通尊待法
現在式敘述形 -ㅂ/습니다. -아/어요.	배웁니다.	배워요.
現在式疑問形 -ㅂ/습니까? -아/어요?	배웁니까?	배워요?
過去式敘述形 -았/었-	배웠습니다.	배웠어요.
過去式疑問形 -았/었-	배웠습니까?	배웠어요?
命令形 -(으)십시오. -아/어요.	배우십시오.	배워요.
勸誘形 -(으)시지요. -아/어요.	배우시지요.	배워요.
未來式 -(으)ㄹ 것이다 -겠-	배울 겁니다. 배우겠습니다.	배울 거예요. 배우겠어요.
現在進行式 -고 있다	배우고 있습니다.	배우고 있어요.
否定形 -지 않다 안	배우지 않습니다. 안 배웁니다.	배우지 않아요. 안 배워요.

창문을 열어 줘요.

幫我開窗戶

열다
yo*l.da
打開

慣用語：파티를 열다 開派對
회의를 열다 召開會議

會話

A 근처에 음식점이 하나 새로 문을 열었는데 같이 먹으러 갈까?
geun.cho*.e/eum.sik.jjo*.mi/ha.na/se*.ro/mu.neul/yo*.ro*n.neun.de/ga.chi/mo*.geu.ro*/gal.ga
附近新開了一間餐館，要一起去吃嗎？

B 좋지. 퇴근 후에 바로 가자.
jo.chi//twe.geun/hu.e/ba.ro/ga.ja
好啊，下班後馬上去吧！

相關例句

例 더워요. 창문을 열어 줘요.
do*.wo.yo//chang.mu.neul/yo*.ro*/jwo.yo
很熱，幫我開窗戶。

例 절대로 문을 열지 마.
jo*l.de*.ro/mu.neul/yo*l.ji/ma
絕對不可以開門！

動詞基本變化

	極尊待法	普通尊待法
現在式敘述形 -ㅂ/습니다. -아/어요.	엽니다.	열어요.
現在式疑問形 -ㅂ/습니까? -아/어요?	엽니까?	열어요?
過去式敘述形 -았/었-	열었습니다.	열었어요.
過去式疑問形 -았/었-	열었습니까?	열었어요?
命令形 -(으)십시오. -아/어요.	여십시오.	열어요.
勸誘形 -(으)시지요. -아/어요.	여시지요.	열어요.
未來式 -(으)ㄹ 것이다 -겠-	열 겁니다. 열겠습니다.	열 거예요. 열겠어요.
現在進行式 -고 있다	열고 있습니다.	열고 있어요.
否定形 -지 않다 안	열지 않습니다. 안 엽니다.	열지 않아요. 안 열어요.

편지를 씁니다.
寫信

쓰다
sseu.da
寫、使用、戴

慣用語：머리를 쓰다　動腦筋
돈을 쓰다　花錢、用錢

會話

A 아저씨, 이 컴퓨터 좀 써도 돼요?
a.jo*.ssi//i/ko*m.pyu.to*/jom/sso*.do/dwe*.yo
大叔，我可以用這台電腦嗎？

B 네, 쓰세요.
ne//sseu.se.yo
可以，請用。

相關例句

例 편지를 씁니다.
pyo*n.ji.reul/sseum.ni.da
寫信。

例 모자를 써요.
mo.ja.reul/sso*.yo
戴帽子。

例 야, 사투리 쓰지 마. 못 알아 들어.
ya//sa.tu.ri/sseu.ji/ma//mot/a.ra/deu.ro*
喂！你不要講方言，我聽不懂。

動詞基本變化

	極尊待法	普通尊待法
現在式敘述形 -ㅂ/습니다. -아/어요.	씁니다.	써요.
現在式疑問形 -ㅂ/습니까? -아/어요?	씁니까?	써요?
過去式敘述形 -았/었-	썼습니다.	썼어요.
過去式疑問形 -았/었-	썼습니까?	썼어요?
命令形 -(으)십시오. -아/어요.	쓰십시오.	써요.
勸誘形 -(으)시지요. -아/어요.	쓰시지요.	써요.
未來式 -(으)ㄹ 것이다 -겠-	쓸 겁니다. 쓰겠습니다.	쓸 거예요. 쓰겠어요.
現在進行式 -고 있다	쓰고 있습니다.	쓰고 있어요.
否定形 -지 않다 안	쓰지 않습니다. 안 씁니다.	쓰지 않아요. 안 써요.

뭐 찾고 있어요?
你在找什麼？

찾다
chat.da
找尋

慣用語：돈을 찾다　領錢
사전을 찾다　查字典

會話

A 뭐 찾고 있어요?
mwo/chat.go/i.sso*.yo
你在找什麼？

B 집 열쇠를 잃어 버린 것 같아요.
jip/yo*l.swe.reul/i.ro*/bo*.rin/go*t/ga.ta.yo
我家的鑰匙好像弄丟了。

相關例句

例 내 지갑 찾는 거 좀 도와 주세요.
ne*/ji.gap/chan.neun/go*/jom/do.wa/ju.se.yo
請幫我找找我的皮夾。

例 내 가방을 찾았어요!
ne*/ga.bang.eul/cha.ja.sso*.yo
我找到我的包包了。

例 누구를 찾으세요?
nu.gu.reul/cha.jeu.se.yo
您要找誰呢？

動詞基本變化

	極尊待法	普通尊待法
現在式敘述形 -ㅂ/습니다. -아/어요.	찾습니다.	찾아요.
現在式疑問形 -ㅂ/습니까? -아/어요?	찾습니까?	찾아요?
過去式敘述形 -았/었-	찾았습니다.	찾았어요.
過去式疑問形 -았/었-	찾았습니까?	찾았어요?
命令形 -(으)십시오. -아/어요.	찾으십시오.	찾아요.
勸誘形 -(으)시지요. -아/어요.	찾으시지요.	찾아요.
未來式 -(으)ㄹ 것이다 -겠-	찾을 겁니다. 찾겠습니다.	찾을 거예요. 찾겠어요.
現在進行式 -고 있다	찾고 있습니다.	찾고 있어요.
否定形 -지 않다 안	찾지 않습니다. 안 찾습니다.	찾지 않아요. 안 찾아요.

우리 집에 놀러 올래?
你要來我家玩嗎？

놀다
nol.da
玩

慣用語：놀고 있는 사람　閒著沒事的人

會話

A 나 이사했어요. 우리 집에 놀러 올래?
na/i.sa.he*.sso*.yo//u.ri/ji.be/nol.lo*/ol.le*
我搬家了，你要來我家玩嗎？

B 좋죠. 가고 싶어요.
jo.chyo//ga.go/si.po*.yo
好啊，我想去。

相關例句

例 방학에 일본에 놀러 갈 거예요.
bang.ha.ge/il.bo.ne/nol.lo*/gal/go*.ye.yo
放假我要去日本玩。

例 아이들이 공원에서 놀고 있다.
a.i.deu.ri/gong.wo.ne.so*/nol.go/it.da
孩子們在公園玩。

例 엄마, 밖에서 놀고 싶어요!
o*m.ma//ba.ge.so*/nol.go/si.po*.yo
媽，我想在外面玩！

動詞基本變化

	極尊待法	普通尊待法
現在式敘述形 -ㅂ/습니다. -아/어요.	놉니다.	놀아요.
現在式疑問形 -ㅂ/습니까? -아/어요?	놉니까?	놀아요?
過去式敘述形 -았/었-	놀았습니다.	놀았어요.
過去式疑問形 -았/었-	놀았습니까?	놀았어요?
命令形 -(으)십시오. -아/어요.	노십시오.	놀아요.
勸誘形 -(으)시지요. -아/어요.	노시지요.	놀아요.
未來式 -(으)ㄹ 것이다 -겠-	놀 겁니다. 놀겠습니다.	놀 거예요. 놀겠어요.
現在進行式 -고 있다	놀고 있습니다.	놀고 있어요.
否定形 -지 않다 안	놀지 않습니다. 안 놉니다.	놀지 않아요. 안 놀아요.

비서에게 전화를 걸었다.
打了電話給秘書

걸다
go*l.da
打（電話）、掛（物品）

慣用語：전화를 걸다　打電話
시비를 걸다　挑是非

會 話

Ⓐ 최대한 빨리 다시 전화 걸어 주세요.
chwe.de*.han/bal.li/da.si/jo*n.hwa/go*.ro*/ju.se.yo
請盡快撥電話過來。

Ⓑ 예, 일정이 정해지면 바로 전화 드리겠습니다.
ye//il.jo*ng.i/jo*ng.he*.ji.myo*n/ba.ro/jo*n.hwa/deu.ri.get.sseum.ni.da
好的，日程決定後，會馬上打電話給您。

相關例句

例 휴대폰을 꺼내 비서에게 전화를 걸었다.
hyu.de*.po.neul/go*.ne*/bi.so*.e.ge/jo*n.hwa.reul/go*.ro*t.da
拿出手機，打了電話給秘書。

例 옷걸이에 옷을 걸어요.
ot.go*.ri.e/o.seul/go*.ro*.yo
把衣服掛在衣架。

動詞基本變化

	極尊待法	普通尊待法
現在式敘述形 -ㅂ/습니다. -아/어요.	겁니다.	걸어요.
現在式疑問形 -ㅂ/습니까? -아/어요?	겁니까?	걸어요?
過去式敘述形 -았/었-	걸었습니다.	걸었어요.
過去式疑問形 -았/었-	걸었습니까?	걸었어요?
命令形 -(으)십시오. -아/어요.	거십시오.	걸어요.
勸誘形 -(으)시지요. -아/어요.	거시지요.	걸어요.
未來式 -(으)ㄹ 것이다 -겠-	걸 겁니다. 걸겠습니다.	걸 거예요. 걸겠어요.
現在進行式 -고 있다	걸고 있습니다.	걸고 있어요.
否定形 -지 않다 안	걸지 않습니다. 안 겁니다.	걸지 않아요. 안 걸어요.

시간이 많이 걸립니다.
很花時間

걸리다
go*l.li.da
花費／得病

慣用語：시간이 걸리다　花費時間
감기에 걸리다　得到感冒

會話

A 시내까지 공항버스로 시간이 얼마나 걸려요?
si.ne*.ga.ji/gong.hang.bo*.seu.ro/si.ga.ni/o*l.ma.na/go*l.lyo*.yo
搭機場巴士到市區要花多久時間？

B 약 40분쯤 걸립니다.
yak/sa.sip.bun.jjeum/go*l.lim.ni.da
大概要花四十分鐘。

相關例句

例 친구가 감기에 걸렸나 봐요.
chin.gu.ga/gam.gi.e/go*l.lyo*n.na/bwa.yo
朋友好像感冒了。

例 도둑이 경찰에게 걸렸다.
do.du.gi/gyo*ng.cha.re.ge/go*l.lyo*t.da
小偷被警察抓了。

動詞基本變化

	極尊待法	普通尊待法
現在式敘述形 -ㅂ/습니다. -아/어요.	걸립니다.	걸려요.
現在式疑問形 -ㅂ/습니까? -아/어요?	걸립니까?	걸려요?
過去式敘述形 -았/었-	걸렸습니다.	걸렸어요.
過去式疑問形 -았/었-	걸렸습니까?	걸렸어요?
命令形 -(으)십시오. -아/어요.	걸리십시오.	걸려요.
勸誘形 -(으)시지요. -아/어요.	걸리시지요.	걸려요.
未來式 -(으)ㄹ 것이다 -겠-	걸릴 겁니다. 걸리겠습니다.	걸릴 거예요. 걸리겠어요.
現在進行式 -고 있다	걸리고 있습니다.	걸리고 있어요.
否定形 -지 않다 안	걸리지 않습니다. 안 걸립니다.	걸리지 않아요. 안 걸려요.

예, 알겠습니다.
是，我明白了

알다
al.da
知道／認識

常用短句：예, 알았어요. 好，我知道了
예, 알겠습니다. 是，我明白了

會話

A 그 아이가 몇 살인지 알아?
geu/a.i.ga/myo*t/sa.rin.ji/a.ra
你知道那孩子幾歲嗎？

B 내가 어떻게 알아?
ne*.ga/o*.do*.ke/a.ra
我怎麼知道。

相關例句

例 준영이를 안 지 오래예요.
ju.nyo*ng.i.reul/an/ji/o.re*.ye.yo
我認識俊英很久了。

例 그 애기를 알고 있어요.
geu/ye*.gi.reul/al.go/i.sso*.yo
那件事我知道。

例 그 일에 대해서는 잘 압니다.
geu/i.re/de*.he*.so*.neun/jal/am.ni.da
我很了解那件事。

動詞基本變化

	極尊待法	普通尊待法
現在式敘述形 -ㅂ/습니다. -아/어요.	압니다.	알아요.
現在式疑問形 -ㅂ/습니까? -아/어요?	압니까?	알아요?
過去式敘述形 -았/었-	알았습니다.	알았어요.
過去式疑問形 -았/었-	알았습니까?	알았어요?
命令形 -(으)십시오. -아/어요.	아십시오.	알아요.
勸誘形 -(으)시지요. -아/어요.	아시지요.	알아요.
未來式 -(으)ㄹ 것이다 -겠-	알 겁니다. 알겠습니다.	알 거예요. 알겠어요.
現在進行式 -고 있다	알고 있습니다.	알고 있어요.

추석 연휴 잘 보내세요.
祝你有個愉快的中秋連假！

보내다
bo.ne*.da
度過、寄

慣用語：소포를 보내다　寄包裹
심부름을 보내다　讓人去跑腿

會話

A 지난 주말 어떻게 보냈습니까?
ji.nan/ju.mal/o*.do*.ke/bo.ne*t.sseum.ni.ga
你上個周末過得怎麼樣？

B 가족들이랑 소풍 갔어요.
ga.jok.deu.ri.rang/so.pung/ga.sso*.yo
我跟家人一起去郊遊。

相關例句

例 추석 연휴 잘 보내세요.
chu.so*k/yo*n.hyu/jal/bo.ne*.se.yo
祝你有個愉快的中秋連假！

例 이 주소로 메일을 보내 주세요.
i/ju.so.ro/me.i.reul/bo.ne*/ju.se.yo
請寄電子郵件到這個地址。

例 이거 대만으로 보내 주세요.
i.go*/de*.ma.neu.ro/bo.ne*/ju.se.yo
請幫我把這個寄到台灣。

動詞基本變化

	極尊待法	普通尊待法
現在式敘述形 -ㅂ/습니다. -아/어요.	보냅니다.	보내요.
現在式疑問形 -ㅂ/습니까? -아/어요?	보냅니까?	보내요?
過去式敘述形 -았/었-	보냈습니다.	보냈어요.
過去式疑問形 -았/었-	보냈습니까?	보냈어요?
命令形 -(으)십시오. -아/어요.	보내십시오.	보내요.
勸誘形 -(으)시지요. -아/어요.	보내시지요.	보내요.
未來式 -(으)ㄹ 것이다 -겠-	보낼 겁니다. 보내겠습니다.	보낼 거예요. 보내겠어요.
現在進行式 -고 있다	보내고 있습니다.	보내고 있어요.
否定形 -지 않다 안	보내지 않습니다. 안 보냅니다.	보내지 않아요. 안 보내요.

언제	자주	집	타다	맛있다
음식	교통	빨리	씨	걸다
맛있다	좋다	무엇	처음	그런데

8
形容詞篇

갑자기 날씨가 좋아졌어요.
天氣突然變好了

좋다
jo.ta
好、喜歡

相反詞：싫다　討厭、不要
나쁘다　壞、差

會話

A 코트 왜 안 샀어요?
ko.teu/we*/an/sa.sso*.yo
你為什麼沒買大衣？

B 비싸고 질도 안 좋아서요.
bi.ssa.go/jil.do/an/jo.a.so*.yo
因為很貴品質也不好。

相關例句

例 갑자기 날씨가 좋아졌어요.
gap.jja.gi/nal.ssi.ga/jo.a.jo*.sso*.yo
天氣突然變好了。

例 정말 공부하기 싫어요.
jo*ng.mal/gong.bu.ha.gi/si.ro*.yo
真的不喜歡念書。

例 열심히 공부했는데 시험 결과는 안 좋았어요.
yo*l.sim.hi/gong.bu.he*n.neun.de/si.ho*m/gyo*l.

gwa.neun/an/jo.a.sso*.yo
我認真讀書了，可是考試結果不理想。

形容詞基本變化

	極尊待法	普通尊待法
現在式敘述形 -ㅂ/습니다. -아/어요.	좋습니다.	좋아요.
現在式疑問形 -ㅂ/습니까? -아/어요?	좋습니까?	좋아요?
過去式敘述形 -았/었-	좋았습니다.	좋았어요.
過去式疑問形 -았/었-	좋았습니까?	좋았어요?
未來式 -(으)ㄹ 것이다 -겠-	좋을 겁니다. 좋겠습니다.	좋을 거예요. 좋겠어요.
否定形 -지 않다 안	좋지 않습니다. 안 좋습니다.	좋지 않아요. 안 좋아요.
轉動詞形（變化） -아/어지다	좋아집니다.	좋아져요.
冠詞形 -은/ㄴ	좋은 사람입니다.	좋은 사람이에요.
敬語形 -(으)시	좋으십니다.	좋으세요.

다리가 길고 예뻐요.
腿又長又漂亮

예쁘다
ye.beu.da
漂亮

類義詞：아름답다　美麗、漂亮
　　　　곱다　　好看、美

會話

A 사과랑 바나나 먹을래?
sa.gwa.rang/ba.na.na/mo*.geul.le*
你要吃蘋果和香蕉嗎？

B 난 사과는 좋지만 바나나는 싫어.
nan/sa.gwa.neun/jo.chi.man/ba.na.na.neun/si.ro*
我喜歡吃蘋果，但不喜歡吃香蕉。

相關例句

例 다리가 길고 예뻐요.
da.ri.ga/gil.go/ye.bo*.yo
腿又長又漂亮。

例 누나는 예쁘고 우아해요.
nu.na.neun/ye.beu.go/u.a.he*.yo
姊姊又漂亮又優雅。

例 이 옷이 예뻐요. 한 번 입어 보세요.
i/o.si/ye.bo*.yo//han/bo*n/i.bo*/bo.se.yo
這件衣服很美，試穿看看吧。

形容詞基本變化

	極尊待法	普通尊待法
現在式敘述形 -ㅂ/습니다. -아/어요.	예쁩니다.	예뻐요.
現在式疑問形 -ㅂ/습니까? -아/어요?	예쁩니까?	예뻐요?
過去式敘述形 -았/었-	예뻤습니다.	예뻤어요.
過去式疑問形 -았/었-	예뻤습니까?	예뻤어요?
未來式 -(으)ㄹ 것이다 -겠-	예쁠 겁니다. 예쁘겠습니다.	예쁠 거예요. 예쁘겠어요.
否定形 -지 않다 안	예쁘지 않습니다. 안 예쁩니다.	예쁘지 않아요. 안 예뻐요.
轉動詞形（變化） -아/어지다	예뻐집니다.	예뻐져요.
冠詞形 -은/ㄴ	예쁜 여자입니다.	예쁜 여자예요.
敬語形 -(으)시	예쁘십니다.	예쁘세요.

하나도 안 귀여워요.
一點也不可愛

귀엽다
gwi.yo*p.da
可愛

常用短句：아이고, 귀여워라.
哎呀！好可愛哦！

會話

A 이 곰인형 너무 귀엽다.
i/go.min.hyo*ng/no*.mu/gwi.yo*p.da
這隻熊娃娃好可愛！

B 하나 더 살까? 동생한테도 선물해 주자.
ha.na/do*/sal.ga//dong.se*ng.han.te.do/so*n.mul.he*/ju.ja
要不要再多買一隻？也送妹妹一隻吧！

相關例句

例 그 동물은 너무 귀엽다.
geu/dong.mu.reun/no*.mu/gwi.yo*p.da
那隻動物太可愛了。

例 하나도 안 귀여워요.
ha.na.do/an/gwi.yo*.wo.yo
一點也不可愛。

例 할머니가 너무 귀여우세요.
hal.mo*.ni.ga/no*.mu/gwi.yo*.u.se.yo
奶奶太可愛了！

形容詞基本變化

	極尊待法	普通尊待法
現在式敘述形 -ㅂ/습니다. -아/어요.	귀엽습니다.	귀여워요.
現在式疑問形 -ㅂ/습니까? -아/어요?	귀엽습니까?	귀여워요?
過去式敘述形 -았/었-	귀여웠습니다.	귀여웠어요.
過去式疑問形 -았/었-	귀여웠습니까?	귀여웠어요?
未來式 -(으)ㄹ 것이다 -겠-	귀여울 겁니다. 귀엽겠습니다.	귀여울 거예요. 귀엽겠어요.
否定形 -지 않다 안	귀엽지 않습니다. 안 귀엽습니다.	귀엽지 않아요. 안 귀여워요.
轉動詞形（變化） -아/어지다	귀여워집니다.	귀여워져요.
冠詞形 -은/ㄴ	귀여운 인형입니다.	귀여운 인형이에요.
敬語形 -(으)시	귀여우십니다.	귀여우세요.

맛있게 드세요.
用餐愉快！

맛있다
ma.sit.da
好吃

相反詞：맛없다　難吃
常用短句：맛있게 드세요.　用餐愉快！

會話

A 맛있습니까?
ma.sit.sseum.ni.ga
好吃嗎？

B 맛있지만 조금 맵습니다.
ma.sit.jji.man/jo.geum/me*p.sseum.ni.da
好吃，但有點辣。

相關例句

例 빵 먹고 있는데 완전 맛없어요.
bang/mo*k.go/in.neun.de/wan.jo*n/ma.do*p.sso*.yo
我在吃麵包，超難吃的。

例 맛있겠다. 나도 먹고 싶어!
ma.sit.get.da//na.do/mo*k.go/si.po*
看起來好好吃，我也想吃！

例 먹을수록 점점 더 맛있어져요.
mo*.geul.ssu.rok/jo*m.jo*m/do*/ma.si.sso*.jo*.yo
越吃越好吃。

形容詞基本變化

	極尊待法	普通尊待法
現在式敘述形 -ㅂ/습니다. -아/어요.	맛있습니다.	맛있어요.
現在式疑問形 -ㅂ/습니까? -아/어요?	맛있습니까?	맛있어요?
過去式敘述形 -았/었-	맛있었습니다.	맛있었어요.
過去式疑問形 -았/었-	맛있었습니까?	맛있었어요?
未來式 -(으)ㄹ 것이다 -겠-	맛있을 겁니다. 맛있겠습니다.	맛있을 거예요. 맛있겠어요.
否定形 -지 않다 안	맛있지 않습니다. 안 맛있습니다.	맛있지 않아요. 안 맛있어요.
轉動詞形（變化） -아/어지다	맛있어집니다.	맛있어져요.
冠詞形 -은/ㄴ	맛있는 요리입니다.	맛있는 요리예요.

글씨를 크게 쓰세요.
把字寫大一點

크다
keu.da
大

相反詞：작다　小
慣用語：키가 크다　個子高

會話

A 구두가 작아서 못 신어요.
gu.du.ga/ja.ga.so*/mot/si.no*.yo
皮鞋太小，不能穿。

B 사이즈가 큰 걸로 갖다 드릴게요.
sa.i.jeu.ga/keun/go*l.lo/gat.da/deu.ril.ge.yo
我拿大一點的尺寸給您。

相關例句

例 기온차가 많이 커졌어요.
gi.on.cha.ga/ma.ni/ko*.jo*.sso*.yo
氣溫差變大了。

例 큰 소리로 얘기하지 마십시오.
keun/so.ri.ro/ye*.gi.ha.ji/ma.sip.ssi.o
請不要大聲説話。

例 글씨를 크게 쓰세요.
geul.ssi.reul/keu.ge/sseu.se.yo
把字寫大一點。

形容詞基本變化

	極尊待法	普通尊待法
現在式敘述形 -ㅂ/습니다. -아/어요.	큽니다.	커요.
現在式疑問形 -ㅂ/습니까? -아/어요?	큽니까?	커요?
過去式敘述形 -았/었-	컸습니다.	컸어요.
過去式疑問形 -았/었-	컸습니까?	컸어요?
未來式 -(으)ㄹ 것이다 -겠-	클 겁니다. 크겠습니다.	클 거예요. 크겠어요.
否定形 -지 않다 안	크지 않습니다. 안 큽니다.	크지 않아요. 안 커요.
轉動詞形（變化） -아/어지다	커집니다.	커져요.
冠詞形 -은/ㄴ	큰 사이즈입니다.	큰 사이즈예요.
敬語形 -(으)시	크십니다.	크세요.

매우 가까워요.

很近

가깝다
ga.gap.da
近

相反詞：멀다　遠

常用短句：매우 가까워요. 很近

會話

A 호텔에서 제일 가까운 편의점까지 멀어요?
ho.te.re.so*/je.il/ga.ga.un/pyo*.nui.jo*m.ga.ji/mo*.ro*.yo
離飯店最近的便利商店會很遠嗎？

B 가까워요. 걸어서 3분 거리예요.
ga.ga.wo.yo//go*.ro*.so*/sam.bun/go*.ri.ye.yo
很近，走路三分鐘的距離。

相關例句

例 일이 좀 힘들지만 집이 회사와 가까워서 좋아요.
i.ri/jom/him.deul.jji.man/ji.bi/hwe.sa.wa/ga.ga.wo.so*/jo.a.yo
雖然有點辛苦，但公司離家近所以還不錯。

例 가까운 데 자동차 정비소가 있나요?
ga.ga.un/de/ja.dong.cha/jo*ng.bi.so.ga/in.na.yo
附近有汽車修車廠嗎？

形容詞基本變化

	極尊待法	普通尊待法
現在式敘述形 -ㅂ/습니다. -아/어요.	가깝습니다.	가까워요.
現在式疑問形 -ㅂ/습니까? -아/어요?	가깝습니까?	가까워요?
過去式敘述形 -았/었-	가까웠습니다.	가까웠어요.
過去式疑問形 -았/었-	가까웠습니까?	가까웠어요?
未來式 -(으)ㄹ 것이다 -겠-	가까울 겁니다. 가깝겠습니다.	가까울 거예요. 가깝겠어요.
否定形 -지 않다 안	가깝지 않습니다. 안 가깝습니다.	가깝지 않아요. 안 가까워요.
轉動詞形（變化） -아/어지다	가까워집니다.	가까워져요.
冠詞形 -은/ㄴ	가까운 곳입니다.	가까운 곳이에요.

시간이 길어졌어요.
時間變長了

길다
gil.da
長

相反詞：짧다　短
慣用語：발이 길다　有口福

會話

A 요즘 긴 치마가 유행이래요.
yo.jeum/gin/chi.ma.ga/yu.he*ng.i.re*.yo
聽說最近流行長裙。

B 그래도 내 다리가 짧아서 긴 치마가 나한테 안 어울려요.
geu.re*.do/ne*/da.ri.ga/jjal.ba.so*/gin/chi.ma.ga/na.han.te/an/o*.ul.lyo*.yo
可是我的腿短，長裙不適合我。

相關例句

例 손가락이 기시고 예쁘세요.
son.ga.ra.gi/gi.si.go/ye.beu.se.yo
您的手指又長又漂亮。

例 시간이 길어졌어요.
si.ga.ni/gi.ro*.jo*.sso*.yo
時間變長了。

形容詞基本變化

	極尊待法	普通尊待法
現在式敘述形 -ㅂ/습니다. -아/어요.	깁니다.	길어요.
現在式疑問形 -ㅂ/습니까? -아/어요?	깁니까?	길어요?
過去式敘述形 -았/었-	길었습니다.	길었어요.
過去式疑問形 -았/었-	길었습니까?	길었어요?
未來式 -(으)ㄹ 것이다 -겠-	길 겁니다. 길겠습니다.	길 거예요. 길겠어요.
否定形 -지 않다 안	길지 않습니다. 안 깁니다.	길지 않아요. 안 길어요.
轉動詞形（變化） -아/어지다	길어집니다.	길어져요.
冠詞形 -은/ㄴ	긴 바지입니다.	긴 바지예요.
敬語形 -(으)시	기십니다.	기세요.

안목이 높으십니다.
眼光很高

높다
nop.da
高

相反詞：낮다　低
慣用語：열이 높다　高燒

會話

A 대만에서 가장 높은 빌딩은 뭐예요?
de*.ma.ne.so*/ga.jang/no.peun/bil.ding.eun/mwo.ye.yo
台灣最高的大樓是什麼？

B 타이페이에 있는 백일빌딩이에요.
ta.i.pe.i.e/in.neun/be*.gil.bil.ding.i.e.yo
是位於台北的101建築。

相關例句

例 높은 곳에 가고 싶어요.
no.peun/go.se/ga.go/si.po*.yo
我想去高的地方。

例 확률이 좀 더 높을 겁니다.
hwang.nyu.ri/jom/do*/no.peul/go*m.ni.da
機率會更高一點。

例 안목이 높으십니다.
an.mo.gi/no.peu.sim.ni.da
您的眼光很高。

形容詞基本變化

	極尊待法	普通尊待法
現在式敘述形 -ㅂ/습니다. -아/어요.	높습니다.	높아요.
現在式疑問形 -ㅂ/습니까? -아/어요?	높습니까?	높아요?
過去式敘述形 -았/었-	높았습니다.	높았어요.
過去式疑問形 -았/었-	높았습니까?	높았어요?
未來式 -(으)ㄹ 것이다 -겠-	높을 겁니다. 높겠습니다.	높을 거예요. 높겠어요.
否定形 -지 않다 안	높지 않습니다. 안 높습니다.	높지 않아요. 안 높아요.
轉動詞形（變化） -아/어지다	높아집니다.	높아져요.
冠詞形 -은/ㄴ	높은 건물입니다.	높은 건물이에요.
敬語形 -(으)시	높으십니다.	높으세요.

수고 많으십니다.
您辛苦了！

많다
man.ta
多

相反詞：적다　少
慣用詞：겁이 많다　膽怯、膽小

會話

A 일이 많아? 도와 줄까?
i.ri/ma.na//do.wa/jul.ga
工作很多嗎？要幫忙嗎？

B 아니야. 가서 놀아.
a.ni.ya//ga.so*/no.ra
不用了，你去玩吧。

相關例句

例 사람이 많아서 기다려야 합니다.
sa.ra.mi/ma.na.so*/gi.da.ryo*.ya/ham.ni.da
人很多，必須要等。

例 바쁘지만 월급이 많아요.
ba.beu.ji.man/wol.geu.bi/ma.na.yo
雖然很忙，但薪水很高。

例 수고 많으십니다.
su.go/ma.neu.sim.ni.da
您辛苦了！

形容詞基本變化

	極尊待法	普通尊待法
現在式敘述形 -ㅂ/습니다. -아/어요.	많습니다.	많아요.
現在式疑問形 -ㅂ/습니까? -아/어요?	많습니까?	많아요?
過去式敘述形 -았/었-	많았습니다.	많았어요.
過去式疑問形 -았/었-	많았습니까?	많았어요?
未來式 -(으)ㄹ 것이다 -겠-	많을 겁니다. 많겠습니다.	많을 거예요. 많겠어요.
否定形 -지 않다 안	많지 않습니다. 안 많습니다.	많지 않아요. 안 많아요.
轉動詞形（變化） -아/어지다	많아집니다.	많아져요.
冠詞形 -은/ㄴ	많은 것입니다.	많은 거예요.
敬語形 -(으)시	많으십니다.	많으세요.

새집은 넓어요?
新家大嗎？

넓다
no*l.da
寬廣

相反詞：좁다 狹小
慣用詞：마음이 넓다 心胸寬廣

會 話

A 아. 얼마 전에 이사 간 걸 들었어요. 새집은 넓어요?
a//o*l.ma/jo*.ne/i.sa/gan/go*l/deu.ro*.sso*.yo//se*.ji.beun/no*l.bo*.yo
啊～有聽說不久前你搬家了。新家大嗎？

B 넓지 않은데 살기가 편해요.
no*l.jji/a.neun.de/sal.gi.ga/pyo*n.he*.yo
不大，但住起來很舒適。

相關例句

例 나이 들수록 이마가 넓어져요.
na.i/deul.ssu.rok/i.ma.ga/no*l.bo*.jo*.yo
年紀越大額頭越高。

例 대학교 캠퍼스는 참 넓어요.
de*.hak.gyo/ke*m.po*.seu.neun/cham/no*l.bo*.yo
大學校園很大。

形容詞基本變化

	極尊待法	普通尊待法
現在式敘述形 -ㅂ/습니다. -아/어요.	넓습니다.	넓어요.
現在式疑問形 -ㅂ/습니까? -아/어요?	넓습니까?	넓어요?
過去式敘述形 -았/었-	넓었습니다.	넓었어요.
過去式疑問形 -았/었-	넓었습니까?	넓었어요?
未來式 -(으)ㄹ 것이다 -겠-	넓을 겁니다. 넓겠습니다.	넓을 거예요. 넓겠어요.
否定形 -지 않다 안	넓지 않습니다. 안 넓습니다.	넓지 않아요. 안 넓어요.
轉動詞形（變化） -아/어지다	넓어집니다.	넓어져요.
冠詞形 -은/ㄴ	넓은 방입니다.	넓은 방이에요.
敬語形 -(으)시	넓으십니다.	넓으세요.

맥박이 빨라져요.
脈搏變快

빠르다
ba.reu.da
快

相反詞：느리다 慢
慣用詞：손이 빠르다 眼明手快

會話

A 공항까지 가는 가장 빠른 방법이 뭐예요?
gong.hang.ga.ji/ga.neun/ga.jang/ba.reun/bang.bo*.bi/mwo.ye.yo
去機場最快的方法是什麼？

B 공항버스를 타는 것이 가장 빨라요.
gong.hang.bo*.seu.reul/ta.neun/go*.si/ga.jang/bal.la.yo
搭機場巴士最快。

相關例句

例 빠르게 살 빼는 법 좀 알려 줘요.
ba.reu.ge/sal/be*.neun/bo*p/jom/al.lyo*/jwo.yo
請告訴我可以快速減肥的方法。

例 맥박이 빨라져요.
me*k.ba.gi/bal.la.jo*.yo
脈搏變快。

形容詞基本變化

	極尊待法	普通尊待法
現在式敘述形 -ㅂ/습니다. -아/어요.	빠릅니다.	빨라요.
現在式疑問形 -ㅂ/습니까? -아/어요?	빠릅니까?	빨라요?
過去式敘述形 -았/었-	빨랐습니다.	빨랐어요.
過去式疑問形 -았/었-	빨랐습니까?	빨랐어요?
未來式 -(으)ㄹ 것이다 -겠-	빠를 겁니다. 빠르겠습니다.	빠를 거예요. 빠르겠어요.
否定形 -지 않다 안	빠르지 않습니다. 안 빠릅니다.	빠르지 않아요. 안 빨라요.
轉動詞形（變化） -아/어지다	빨라집니다.	빨라져요.
冠詞形 -은/ㄴ	빠른 속도입니다.	빠른 속도예요.
敬語形 -(으)시	빠르십니다.	빠르세요.

이 두꺼운 책이 뭐야?
這本厚厚的書是什麼？

두껍다
du.go*p.da
厚

相反詞：얇다　薄
慣用語：얼굴이 두껍다　臉皮厚、厚顏無恥

會話

A 이 두꺼운 책이 뭐야?
i/du.go*.un/che*.gi/mwo.ya
這本厚厚的書是什麼？

B 영한사전이야.
yo*ng.han.sa.jo*.ni.ya
是英韓字典。

相關例句

例 두꺼운 양말을 신으면 발에 땀이 나요.
du.go*.un/yang.ma.reul/ssi.neu.myo*n/ba.re/da.mi/na.yo
我穿厚襪子，腳會流汗。

例 입술이 두꺼운 여자.
ip.ssu.ri/du.go*.un/yo*.ja
嘴唇厚的女生。

例 옷이 예쁜데 좀 두꺼워요.
o.si/ye.beun.de/jom/du.go*.wo.yo
衣服很漂亮，但有點厚。

形容詞基本變化

	極尊待法	普通尊待法
現在式敘述形 -ㅂ/습니다. -아/어요.	두껍습니다.	두꺼워요.
現在式疑問形 -ㅂ/습니까? -아/어요?	두껍습니까?	두꺼워요?
過去式敘述形 -았/었-	두꺼웠습니다.	두꺼웠어요.
過去式疑問形 -았/었-	두꺼웠습니까?	두꺼웠어요?
未來式 -(으)ㄹ 것이다 -겠-	두꺼울 겁니다. 두껍겠습니다.	두꺼울 거예요. 두껍겠어요.
否定形 -지 않다 안	두껍지 않습니다. 안 두껍습니다.	두껍지 않아요. 안 두꺼워요.
轉動詞形（變化） -아/어지다	두꺼워집니다.	두꺼워져요.
冠詞形 -은/ㄴ	두꺼운 옷입니다.	두꺼운 옷이에요.
敬語形 -(으)시	두꺼우십니다.	두꺼우세요.

너무 무거워서 들 수 없어요.

太重了，拿不起來

무겁다
mu.go*p.da
重

相反詞：가볍다　輕

慣用語：입이 무겁다　講話嚴謹、守口如瓶

會話

A 할머니, 가방이 무거울 텐데 제가 들어 드릴게요.

hal.mo*.ni//ga.bang.i/mu.go*.ul/ten.de/je.ga/deu.ro*/deu.ril.ge.yo

奶奶，包包應該很重，我幫您拿。

B 고마워. 착한 아가씨네.

go.ma.wo//cha.kan/a.ga.ssi.ne

謝謝，善良的小姐。

相關例句

例 이 책은 무겁고 어려워요.

i/che*.geun/mu.go*p.go/o*.ryo*.wo.yo

這本書又重又難。

例 이 제품의 가장 큰 특징은 작고 가볍다는 것입니다.

i/je.pu.mui/ga.jang/keun/teuk.jjing.eun/jak.go/ga.byo*p.da.neun/go*.sim.ni.da

這樣產品最大的特徵就是又小又輕便。

形容詞基本變化

	極尊待法	普通尊待法
現在式敘述形 -ㅂ/습니다. -아/어요.	무겁습니다.	무거워요.
現在式疑問形 -ㅂ/습니까? -아/어요?	무겁습니까?	무거워요?
過去式敘述形 -았/었-	무거웠습니다.	무거웠어요.
過去式疑問形 -았/었-	무거웠습니까?	무거웠어요?
未來式 -(으)ㄹ 것이다 -겠-	무거울 겁니다. 무겁겠습니다.	무거울 거예요. 무겁겠어요.
否定形 -지 않다 안	무겁지 않습니다. 안 무겁습니다.	무겁지 않아요. 안 무거워요.
轉動詞形（變化） -아/어지다	무거워집니다.	무거워져요.
冠詞形 -은/ㄴ	무거운 짐입니다.	무거운 짐이에요.
敬語形 -(으)시	무거우십니다.	무거우세요.

날이 밝다
天明、天亮

밝다
bak.da
明亮

相反詞：어둡다　暗
慣用語：날이 밝다　天明、天亮

會話

A 이 집은 어떠세요? 월세도 그렇게 비싸지 않습니다.
i/ji.beun/o*.do*.se.yo//wol.se.do/geu.ro*.ke/bi.ssa.ji/an.sseum.ni.da
這間房子怎麼樣？月租也沒有那麼貴。

B 좋은데 좀더 넓고 밝은 거실이었으면 좋겠는데요.
jo.eun.de/jom.do*/no*l.go/bal.geun/go*.si.ri.o*.sseu.myo*n/jo.ken.neun.de.yo
是不錯，但我希望客廳可以再大再明亮一點。

相關例句

例 저는 좀 밝은 색을 좋아해요.
jo*.neun/jom/bal.geun/se*.geul/jjo.a.he*.yo
我喜歡亮一點的顏色。

例 어머니가 워낙 성격이 밝으세요.
o*.mo*.ni.ga/wo.nak/so*ng.gyo*.gi/bal.geu.se.yo
媽媽原本性格就很開朗。

形容詞基本變化

	極尊待法	普通尊待法
現在式敘述形 -ㅂ/습니다. -아/어요.	밝습니다.	밝아요.
現在式疑問形 -ㅂ/습니까? -아/어요?	밝습니까?	밝아요?
過去式敘述形 -았/었-	밝았습니다.	밝았어요.
過去式疑問形 -았/었-	밝았습니까?	밝았어요?
未來式 -(으)ㄹ 것이다 -겠-	밝을 겁니다. 밝겠습니다.	밝을 거예요. 밝겠어요.
否定形 -지 않다 안	밝지 않습니다. 안 밝습니다.	밝지 않아요. 안 밝아요.
轉動詞形（變化） -아/어지다	밝아집니다.	밝아져요.
冠詞形 -은/ㄴ	밝은 방입니다.	밝은 방이에요.
敬語形 -(으)시	밝으십니다.	밝으세요.

안 바빠요.
不忙

바쁘다
ba.beu.da
忙

相反詞：한가하다　悠閒
慣用語：안 바빠요. 不忙

會話

A 이거 좀 도와 줄래요?
i.go*/jom/do.wa/jul.le*.yo
這個可以幫幫我嗎？

B 지금은 바빠서 무리네요. 다른 분께 부탁하세요.
ji.geu.meun/ba.ba.so*/mu.ri.ne.yo//da.reun/bun.ge/bu.ta.ka.se.yo
我現在很忙沒辦法，你去拜託其他人吧。

相關例句

例 지금 바쁘니까 나중에 얘기해요.
ji.geum/ba.beu.ni.ga/na.jung.e/ye*.gi.he*.yo
現在很忙，以後再說吧。

例 부장님이 아주 바쁘세요.
bu.jang.ni.mi/a.ju/ba.beu.se.yo
部長很忙。

形容詞基本變化

	極尊待法	普通尊待法
現在式敘述形 -ㅂ/습니다. -아/어요.	바쁩니다.	바빠요.
現在式疑問形 -ㅂ/습니까? -아/어요?	바쁩니까?	바빠요?
過去式敘述形 -았/었-	바빴습니다.	바빴어요.
過去式疑問形 -았/었-	바빴습니까?	바빴어요?
未來式 -(으)ㄹ 것이다 -겠-	바쁠 겁니다. 바쁘겠습니다.	바쁠 거예요. 바쁘겠어요.
否定形 -지 않다 안	바쁘지 않습니다. 안 바쁩니다.	바쁘지 않아요. 안 바빠요.
轉動詞形（變化） -아/어지다	바빠집니다.	바빠져요.
冠詞形 -은/ㄴ	바쁜 사람입니다.	바쁜 사람이에요.
敬語形 -(으)시	바쁘십니다.	바쁘세요.

배불러 죽겠어요.
撐死了

배부르다
be*.bu.reu.da
肚子飽

相反詞：배고프다 肚子餓

會話

A 배 안 고파? 같이 뭐 좀 먹으러 가자.
be*/an/go.pa//ga.chi/mwo/jom/mo*.geu.ro*/ga.ja
肚子不餓嗎？一起去吃點什麼吧！

B 방금 라면을 먹어서 배불러.
bang.geum/ra.myo*.neul/mo*.go*.so*/be*.bul.lo*
我剛吃泡麵，吃飽了。

相關例句

例 빵을 먹었는데 배가 부르지 않아요.
bang.eul/mo*.go*n.neun.de/be*.ga/bu.reu.ji/a.na.yo
吃了麵包，但是吃不飽。

例 배 불러요. 더 이상 못 먹어요.
be*.bul.lo*.yo//do*/i.sang/mon/mo*.go*.yo
吃飽了，吃不下了。

例 배 고파 죽겠어요.
be*/go.pa/juk.ge.sso*.yo
肚子要餓死了。

形容詞基本變化

	極尊待法	普通尊待法
現在式敘述形 -ㅂ/습니다. -아/어요.	배부릅니다.	배불러요.
現在式疑問形 -ㅂ/습니까? -아/어요?	배부릅니까?	배불러요?
過去式敘述形 -았/었-	배불렀습니다.	배불렀어요.
過去式疑問形 -았/었-	배불렀습니까?	배불렀어요?
未來式 -(으)ㄹ 것이다 -겠-	배부를 겁니다. 배부르겠습니다.	배부를 거예요. 배부르겠어요.
否定形 -지 않다 안	배부르지 않습니다. 안 배부릅니다.	배부르지 않아요. 안 배불러요.
轉動詞形（變化） -아/어지다	배불러집니다.	배불러져요.
冠詞形 -은/ㄴ	배부른 아이입니다.	배부른 아이예요.
敬語形 -(으)시	배부르십니다.	배부르세요.

요새 좀 뚱뚱해진 거 아니야?
你最近是不是變得有點胖了？

뚱뚱하다
dung.dung.ha.da
胖

相反詞：마르다　瘦、乾扁
　　　　날씬하다　苗條

會話

A 너 말이야. 요새 좀 뚱뚱해진 거 아니야?
no*/ma.ri.ya//yo.se*/jom/dung.dung.he*.jin/go*/a.ni.ya
你啊！最近是不是變得有點胖了？

B 말 안 해도 알거든. 살 뺄 거야.
mal/an/he*.do/al.go*.deun//sal/be*l/go*.ya
你不説我也知道，我會減肥的。

相關例句

例 뚱뚱한 아이.
dung.dung.han/a.i
胖嘟嘟的小孩。

例 몸이 마른 남자.
mo.mi/ma.reun/nam.ja
身體乾扁的男生。

例 형님이 좀 뚱뚱하십니다.
hyo*ng.ni.mi/jom/dung.dung.ha.sim.ni.da
哥哥有點胖。

形容詞基本變化

	極尊待法	普通尊待法
現在式敘述形 -ㅂ/습니다. -아/어요.	뚱뚱합니다.	뚱뚱해요.
現在式疑問形 -ㅂ/습니까? -아/어요?	뚱뚱합니까?	뚱뚱해요?
過去式敘述形 -았/었-	뚱뚱했습니다.	뚱뚱했어요.
過去式疑問形 -았/었-	뚱뚱했습니까?	뚱뚱했어요?
未來式 -(으)ㄹ 것이다 -겠-	뚱뚱할 겁니다. 뚱뚱하겠습니다.	뚱뚱할 거예요. 뚱뚱하겠어요.
否定形 -지 않다 안	뚱뚱하지 않습니다. 안 뚱뚱합니다.	뚱뚱하지 않아요. 안 뚱뚱해요.
轉動詞形（變化） -아/어지다	뚱뚱해집니다.	뚱뚱해져요.
冠詞形 -은/ㄴ	뚱뚱한 개입니다.	뚱뚱한 개예요.
敬語形 -(으)시	뚱뚱하십니다.	뚱뚱하세요.

그건 내게 너무 어려워.
那個對我來說太難了

어렵다
o*.ryo*p.da
困難

相反詞：쉽다　容易、簡單
간단하다　簡單

會話

A 선생님, 이번 중간 시험은 어려울 겁니까?
so*n.se*ng.nim//i.bo*n/jung.gan/si.ho*.meun/o*.ryo*.ul/go*m.ni.ga
老師，這次的期中考會很難嗎？

B 글쎄, 열심히 공부하면 좋은 점수 받을 수 있을 거야.
geul.sse//yo*l.sim.hi/gong.bu.ha.myo*n/jo.eun/jo*m.su/ba.deul/ssu/i.sseul/go*.ya
這個嘛…認真念書就會考得很好的。

相關例句

例 그건 내게 너무 어려워.
geu.go*n/ne*.ge/no*.mu/o*.ryo*.wo
那個對我來說太難了。

例 영어는 쉽지만 한국어는 어려워요.
yo*ng.o*.neun/swip.jji.man/han.gu.go*.neun/o*.ryo*.wo.yo
英語簡單，韓語難。

形容詞基本變化

	極尊待法	普通尊待法
現在式敘述形 -ㅂ/습니다. -아/어요.	어렵습니다.	어려워요.
現在式疑問形 -ㅂ/습니까? -아/어요?	어렵습니까?	어려워요?
過去式敘述形 -았/었-	어려웠습니다.	어려웠어요.
過去式疑問形 -았/었-	어려웠습니까?	어려웠어요?
未來式 -(으)ㄹ 것이다 -겠-	어려울 겁니다. 어렵겠습니다.	어려울 거예요. 어렵겠어요.
否定形 -지 않다 안	어렵지 않습니다. 안 어렵습니다.	어렵지 않아요. 안 어려워요.
轉動詞形（變化） -아/어지다	어려워집니다.	어려워져요.
冠詞形 -은/ㄴ	어려운 숙제입니다.	어려운 숙제예요.
敬語形 -(으)시	어려우십니다.	어려우세요.

아이들이 너무 시끄럽지?
孩子們太吵了對吧？

시끄럽다
si.geu.ro*p.da
吵雜、吵鬧

相反詞：조용하다　安靜

會話

A 너무 시끄러워서 공부에 집중이 안 돼요.
no*.mu/si.geu.ro*.wo.so*/gong.bu.e/jip.jjung.i/an/dwe*.yo
太吵了，無法集中精神念書。

B 아이들이 너무 시끄럽지? 문을 닫아 줄까?
a.i.deu.ri/no*.mu/si.geu.ro*p.jji//mu.neul/da.da/jul.ga
孩子們太吵了對吧？要幫你關門嗎？

A 됐어요. 도서관에 갈게요.
dwe*.sso*.yo//do.so*.gwa.ne/gal.ge.yo
不用了，我要去圖書館。

相關例句

例 옆방이 너무 시끄럽습니다.
yo*p.bang.i/no*.mu/si.geu.ro*p.sseum.ni.da
隔壁房太吵了。

例 조용한 곳에 있고 싶어요.
jo.yong.han/go.se/it.go/si.po*.yo
我想待在安靜的地方。

形容詞基本變化

	極尊待法	普通尊待法
現在式敘述形 -ㅂ/습니다. -아/어요.	시끄럽습니다.	시끄러워요.
現在式疑問形 -ㅂ/습니까? -아/어요?	시끄럽습니까?	시끄러워요?
過去式敘述形 -았/었-	시끄러웠습니다.	시끄러웠어요.
過去式疑問形 -았/었-	시끄러웠습니까?	시끄러웠어요?
未來式 -(으)ㄹ 것이다 -겠-	시끄러울 겁니다. 시끄럽겠습니다.	시끄러울 거예요. 시끄럽겠어요.
否定形 -지 않다 안	시끄럽지 않습니다. 안 시끄럽습니다.	시끄럽지 않아요. 안 시끄러워요.
轉動詞形（變化） -아/어지다	시끄러워집니다.	시끄러워져요.
冠詞形 -은/ㄴ	시끄러운 곳입니다.	시끄러운 곳이에요.
敬語形 -(으)시	시끄러우십니다.	시끄러우세요.

우리 따뜻한 걸 먹자.
我們吃點熱的東西吧！

따뜻하다
da.deu.ta.da
溫暖、熱

相反詞：시원하다 涼爽
慣用語：날씨가 따뜻하다 天氣溫暖

會話

A 배 고프지? 나가서 뭐 좀 먹을까?
be*/go.peu.ji//na.ga.so*/mwo/jom/mo*.geul.ga
肚子餓了吧？要不要出去吃點什麼？

B 좀 출출하긴 하네. 날씨도 추운데 따뜻한 걸 먹자.
jom/chul.chul.ha.gin/ha.ne//nal.ssi.do/chu.un.de/da.deu.tan/go*l/mo*k.jja
是有點餓了，天氣也冷，我們吃點熱的東西吧！

相關例句

例 비가 오지만 시원해요.
bi.ga/o.ji.man/si.won.he*.yo
雖然下雨但很涼爽。

例 날씨가 따뜻할 때 소풍을 가고 싶다.
nal.ssi.ga/da.deu.tal/de*/so.pung.eul/ga.go/sip.da
天氣暖的時候想去郊遊。

形容詞基本變化

	極尊待法	普通尊待法
現在式敘述形 -ㅂ/습니다. -아/어요.	따뜻합니다.	따뜻해요.
現在式疑問形 -ㅂ/습니까? -아/어요?	따뜻합니까?	따뜻해요?
過去式敘述形 -았/었-	따뜻했습니다.	따뜻했어요.
過去式疑問形 -았/었-	따뜻했습니까?	따뜻했어요?
未來式 -(으)ㄹ 것이다 -겠-	따뜻할 겁니다. 따뜻하겠습니다.	따뜻할 거예요. 따뜻하겠어요.
否定形 -지 않다 안	따뜻하지 않습니다. 안 따뜻합니다.	따뜻하지 않아요. 안 따뜻해요.
轉動詞形（變化） -아/어지다	따뜻해집니다.	따뜻해져요.
冠詞形 -은/ㄴ	따뜻한 차입니다.	따뜻한 차예요.
敬語形 -(으)시	따뜻하십니다.	따뜻하세요.

날씨가 덥잖아요.
天氣熱嘛！

덥다
do*p.da
熱

相反詞：춥다　冷
相關詞：뜨겁다　燙

會話一

Ⓐ 왜 봄을 좋아합니까?
we*/bo.meul/jjo.a.ham.ni.ga
你為什麼喜歡春天？

Ⓑ 춥지도 않고 덥지도 않아서요.
chup.jji.do/an.ko/do*p.jji.do/a.na.so*.yo
因為不冷也不熱。

會話二

Ⓐ 왜 옷을 이렇게 많이 입었어요?
we*/o.seul/i.ro*.ke/ma.ni/i.bo*.sso*.yo
你為什麼穿這麼多衣服？

Ⓑ 날씨가 춥잖아요.
nal.ssi.ga/chup.jja.na.yo
天氣冷嘛！

相關例句

例 방이 너무 더워서 잠에서 깼다.
bang.i/no*.mu/do*.wo.so*/ja.me.so*/ge*t.da
房間太熱了，就自己醒了。

形容詞基本變化

	極尊待法	普通尊待法
現在式敘述形 -ㅂ/습니다. -아/어요.	덥습니다.	더워요.
現在式疑問形 -ㅂ/습니까? -아/어요?	덥습니까?	더워요?
過去式敘述形 -았/었-	더웠습니다.	더웠어요.
過去式疑問形 -았/었-	더웠습니까?	더웠어요?
未來式 -(으)ㄹ 것이다 -겠-	더울 겁니다. 덥겠습니다.	더울 거예요. 덥겠어요.
否定形 -지 않다 안	덥지 않습니다. 안 덥습니다.	덥지 않아요. 안 더워요.
轉動詞形（變化） -아/어지다	더워집니다.	더워져요.
冠詞形 -은/ㄴ	더운 날입니다.	더운 날이에요.
敬語形 -(으)시	더우십니다.	더우세요.

대단히 죄송합니다.
非常抱歉

죄송하다
jwe.song.ha.da
抱歉、對不起

類義詞：미안하다 對不起
常用短句：대단히 죄송합니다. 非常抱歉

會話

A 죄송해요. 너무 바빠서 당신의 생일을 까먹었어요.
jwe.song.he*.yo//no*.mu/ba.ba.so*/dang.si.nui/se*ng.i.reul/ga.mo*.go*.sso*.yo
對不起，我太忙了，忘了你的生日。

B 어떻게 내 생일을 까먹을 수 있어?
o*.do*.ke/ne*/se*ng.i.reul/ga.mo*.geul/ssu/i.sso*
你怎麼可以忘了我的生日？

相關例句

例 죄송합니다만, 한 번 더 말씀해 주시겠어요?
jwe.song.ham.ni.da.man//han/bo*n/do*/mal.sseum.he*/ju.si.ge.sso*.yo
對不起，請您再說一次。

例 죄송합니다. 길이 많이 막혀서 늦었어요.
jwe.song.ham.ni.da//gi.ri/ma.ni/ma.kyo*.so*/neu.jo*.sso*.yo
對不起，因為路上塞車所以來晚了。

形容詞基本變化

	極尊待法	普通尊待法
現在式敘述形 -ㅂ/습니다. -아/어요.	죄송합니다.	죄송해요.
現在式疑問形 -ㅂ/습니까? -아/어요?	죄송합니까?	죄송해요?
過去式敘述形 -았/었-	죄송했습니다.	죄송했어요.
過去式疑問形 -았/었-	죄송했습니까?	죄송했어요?
未來式 -(으)ㄹ 것이다	죄송할 겁니다.	죄송할 거예요.
否定形 -지 않다 안	죄송하지 않습니다. 안 죄송합니다.	죄송하지 않아요. 안 죄송해요.
轉動詞形（變化） -아/어지다	죄송해집니다.	죄송해져요.
冠詞形 -은/ㄴ	죄송한 표정입니다.	죄송한 표정이에요.
敬語形 -(으)시	죄송하십니다.	죄송하세요.

구해 줘서 고맙습니다
謝謝你救了我

고맙다
go.map.da
感謝、謝

類義詞：감사하다　道謝
常用短句：구해 줘서 고맙습니다　謝謝你救了我

會話

A 이번 주말에 시간 있어요? 우리 집에 놀러 올래요?
i.bo*n/ju.ma.re/si.gan/i.sso*.yo//u.ri/ji.be/nol.lo*/ol.le*.yo
這個周末你有時間嗎？要不要來我們家玩？

B 초대해 줘서 고마워요. 갈게요.
cho.de*.he*/jwo.so*/go.ma.wo.yo//gal.ge.yo
謝謝你的招待，我會去。

相關例句

例 설문조사에 참여해 주시면 고맙겠습니다.
so*l.mun.jo.sa.e/cha.myo*.he*/ju.si.myo*n/go.map.get.sseum.ni.da
如果您願意參與問卷調查，我們將很感激您。

例 오늘도 고맙고 내일도 고마울 거예요.
o.neul.do/go.map.go/ne*.il.do/go.ma.ul/go*.ye.yo
今天很感激，明天也會感激的。

形容詞基本變化

	極尊待法	普通尊待法
現在式敘述形 -ㅂ/습니다. -아/어요.	고맙습니다.	고마워요.
現在式疑問形 -ㅂ/습니까? -아/어요?	고맙습니까?	고마워요?
過去式敘述形 -았/었-	고마웠습니다.	고마웠어요.
過去式疑問形 -았/었-	고마웠습니까?	고마웠어요?
未來式 -(으)ㄹ 것이다 -겠-	고마울 겁니다. 고맙겠습니다.	고마울 거예요. 고맙겠어요.
否定形 -지 않다 안	고맙지 않습니다. 안 고맙습니다.	고맙지 않아요. 안 고마워요.
轉動詞形（變化） -아/어지다	고마워집니다.	고마워져요.
冠詞形 -은/ㄴ	고마운 친구입니다.	고마운 친구예요.
敬語形 -(으)시	고마우십니다.	고마우세요.

기뻐 죽겠어요.
開心死了

기쁘다
gi.beu.da
高興

相反詞：슬프다 哀傷、難過
常用短句：기뻐 죽겠어요. 開心死了

會話

A 무슨 일로 그렇게 기뻐?
mu.seun/il.lo/geu.ro*.ke/gi.bo*
什麼事情那麼高興？

B 오늘 내가 좋아하는 남자가 나한테 고백했어.
o.neul/ne*.ga/jo.a.ha.neun/nam.ja.ga/na.han.te/go.be*.ke*.sso*
今天我喜歡的男生向我告白了。

相關例句

例 오늘 난 너무 기뻐!
o.neul/nan/no*.mu/gi.bo*
今天我太高興了！

例 할아버지도 기쁘십니다.
ha.ra.bo*.ji.do/gi.beu.sim.ni.da
爺爺也很高興。

形容詞基本變化

	極尊待法	普通尊待法
現在式敘述形 -ㅂ/습니다. -아/어요.	기쁩니다.	기뻐요.
現在式疑問形 -ㅂ/습니까? -아/어요?	기쁩니까?	기뻐요?
過去式敘述形 -았/었-	기뻤습니다.	기뻤어요.
過去式疑問形 -았/었-	기뻤습니까?	기뻤어요?
未來式 -(으)ㄹ 것이다 -겠-	기쁠 겁니다. 기쁘겠습니다.	기쁠 거예요. 기쁘겠어요.
否定形 -지 않다 안	기쁘지 않습니다. 안 기쁩니다.	기쁘지 않아요. 안 기뻐요.
轉動詞形（變化） -아/어지다	기뻐집니다.	기뻐져요.
冠詞形 -은/ㄴ	기쁜 소식입니다.	기쁜 소식이에요.
敬語形 -(으)시	기쁘십니다.	기쁘세요.

어렵지만 재미있어요.
雖然很難，但很有趣

재미있다
je*.mi.it.da
好玩、有趣

相反詞：재미없다 不好玩、不有趣

會話

A 내일 콘서트가 너무 기대돼요.
ne*.il/kon.so*.teu.ga/no*.mu/gi.de*.dwe*.yo
好期待明天的演唱會喔！

B 그래요. 우리 이번에 재미있게 놀다 와요.
geu.re*.yo//u.ri/i.bo*.ne/je*.mi.it.ge/nol.da/wa.yo
對阿！我們這次玩得開心點吧。

相關例句

例 어렵지만 재미있어요.
o*.ryo*p.jji.man/je*.mi.i.sso*.yo
雖然難，但是很有趣。

例 인생은 그리 재미있지 않지요.
in.se*ng.eun/geu.ri/je*.mi.it.jji/an.chi.yo
人生沒那麼有趣。

例 한국어가 점점 재미있어집니다.
han.gu.go*.ga/jo*m.jo*m/je*.mi.i.sso*.jim.ni.da
學韓語漸漸變得有意思。

形容詞基本變化

	極尊待法	普通尊待法
現在式敘述形 -ㅂ/습니다. -아/어요.	재미있습니다.	재미있어요.
現在式疑問形 -ㅂ/습니까? -아/어요?	재미있습니까?	재미있어요?
過去式敘述形 -았/었-	재미있었습니다.	재미있었어요.
過去式疑問形 -았/었-	재미있었습니까?	재미있었어요?
未來式 -(으)ㄹ 것이다 -겠-	재미있을 겁니다. 재미있겠습니다.	재미있을 거예요. 재미있겠어요.
否定形 -지 않다	재미있지 않습니다.	재미있지 않아요.
轉動詞形（變化） -아/어지다	재미있어집니다.	재미있어져요.
冠詞形 -은/ㄴ	재미있는 게임입니다.	재미있는 게임이에요.
敬語形 -(으)시	재미있으십니다.	재미있으세요.

뭐가 그렇게 무서워요?
你幹嘛那麼害怕？

무섭다
mu.so*p.da
可怕

類義詞：두렵다　害怕
慣用語：입이 무섭다　人言可畏

會話

A 화장실 좀 같이 가 줘.
hwa.jang.sil/jom/ga.chi/ga/jwo
陪我一起去廁所嘛！

B 왜?
we*
為什麼？

A 화장실에 가는 길이 너무나 깜깜하고 무서우니까.
hwa.jang.si.re/ga.neun/gi.ri/no*.mu.na/gam.gam.ha.go/mu.so*.u.ni.ga
因為去廁所的路上又黑又可怕。

相關例句

例 뭐가 그렇게 무서워요.
mwo.ga/geu.ro*.ke/mu.so*.wo.yo
你幹嘛那麼害怕？

例 늦은 밤에 혼자 걷다보면 좀 무섭습니다.

neu.jeun/ba.me/hon.ja/go*t.da.bo.myo*n/jom/mu.so*p.sseum.ni.da
深夜獨自走在路上有點可怕。

形容詞基本變化

	極尊待法	普通尊待法
現在式敘述形 -ㅂ/습니다. -아/어요.	무섭습니다.	무서워요.
現在式疑問形 -ㅂ/습니까? -아/어요?	무섭습니까?	무서워요?
過去式敘述形 -았/었-	무서웠습니다.	무서웠어요.
過去式疑問形 -았/었-	무서웠습니까?	무서웠어요?
未來式 -(으)ㄹ 것이다 -겠-	무서울 겁니다. 무섭겠습니다.	무서울 거예요. 무섭겠어요.
否定形 -지 않다 안	무섭지 않습니다. 안 무섭습니다.	무섭지 않아요. 안 무서워요.
轉動詞形（變化） -아/어지다	무서워집니다.	무서워져요.
冠詞形 -은/ㄴ	무서운 스토리입니다.	무서운 스토리예요.
敬語形 -(으)시	무서우십니다.	무서우세요.

다른 사람을 부러워 하지마.
不要羨慕別人

부럽다
bu.ro*p.da
羨慕

類義詞：부러워하다　羨慕

會話

A 나는 날씬하고 예쁜 여자가 너무 부러워.
na.neun/nal.ssin.ha.go/ye.beun/yo*.ja.ga/no*.mu/bu.ro*.wo
我很羨慕又苗條又漂亮的女生。

B 너도 예쁘니까 다른 사람을 부러워 하지마.
no*.do/ye.beu.ni.ga/da.reun/sa.ra.meul/bu.ro*.wo/ha.ji.ma
你也很漂亮，不要羨慕別人了。

相關例句

例 나는 돈 많이 버는 미연이가 부럽다.
na.neun/don/ma.ni/bo*.neun/mi.yo*.ni.ga/bu.ro*p.da
我很羨慕錢賺得多的美妍。

例 부자가 부러우세요?
bu.ja.ga/bu.ro*.u.se.yo
你羨慕有錢人嗎？

例 저는 커플이 하나도 안 부럽습니다.

jo*.neun/ko*.peu.ri/ha.na.do/an/bu.ro*p.sseum.ni.da
我一點也不羨慕情侶。

形容詞基本變化

	極尊待法	普通尊待法
現在式敘述形 -ㅂ/습니다. -아/어요.	부럽습니다.	부러워요.
現在式疑問形 -ㅂ/습니까? -아/어요?	부럽습니까?	부러워요?
過去式敘述形 -았/었-	부러웠습니다.	부러웠어요.
過去式疑問形 -았/었-	부러웠습니까?	부러웠어요?
未來式 -(으)ㄹ 것이다 -겠-	부러울 겁니다. 부럽겠습니다.	부러울 거예요. 부럽겠어요.
否定形 -지 않다 안	부럽지 않습니다. 안 부럽습니다.	부럽지 않아요. 안 부러워요.
轉動詞形（變化） -아/어지다	부러워집니다.	부러워져요.
冠詞形 -은/ㄴ	부러운 마음입니다.	부러운 마음이에요.
敬語形 -(으)시	부러우십니다.	부러우세요.

다 괜찮아요.
都可以、都行

괜찮다
gwe*n.chan.ta
沒關係、不錯、不用

常用短句：됐어요. 괜찮아요. 沒關係，不用了。
다 괜찮아요. 都可以、都行

會話

A 누나, 돈 다음 달에 갚아도 돼요?
nu.na//don/da.eum/da.re/ga.pa.do/dwe*.yo
姊，錢下個月再還你可以嗎？

B 괜찮아, 천천히 갚아도 돼.
gwe*n.cha.na//cho*n.cho*n.hi/ga.pa.do/dwe*
沒關係，你慢慢還。

相關例句

例 괜찮으면 같이 커피 한 잔 할까요?
gwe*n.cha.neu.myo*n/ga.chi/ko*.pi/han/jan/hal.ga.yo
如果可以的話，你願意一起喝杯咖啡嗎？

例 우리 아들의 성적은 괜찮습니다.
u.ri/a.deu.rui/so*ng.jo*.geun/gwe*n.chan.sseum.ni.da
我兒子的成績還不錯。

例 형님은 아주 괜찮은 분이세요.

hyo*ng.ni.meun/a.ju/gwe*n.cha.neun/bu.ni.se.yo
哥哥是很不錯的人。

形容詞基本變化

	極尊待法	普通尊待法
現在式敘述形 -ㅂ/습니다. -아/어요.	괜찮습니다.	괜찮아요.
現在式疑問形 -ㅂ/습니까? -아/어요?	괜찮습니까?	괜찮아요?
過去式敘述形 -았/었-	괜찮았습니다.	괜찮았어요.
過去式疑問形 -았/었-	괜찮았습니까?	괜찮았어요?
未來式 -(으)ㄹ 것이다 -겠-	괜찮을 겁니다. 괜찮겠습니다.	괜찮을 거예요. 괜찮겠어요.
否定形 -지 않다 안	괜찮지 않습니다. 안 괜찮습니다.	괜찮지 않아요. 안 괜찮아요.
轉動詞形（變化） -아/어지다	괜찮아집니다.	괜찮아져요.
冠詞形 -은/ㄴ	괜찮은 사람입니다.	괜찮은 사람이에요.
敬語形 -(으)시	괜찮으십니다.	괜찮으세요.

힘든 시간이시겠어요.
你一定很難過吧！

힘들다
him.deul.da
辛苦／吃力

相關詞：괴롭다　難過、痛苦

會話

A 제발 담배 좀 그만 피워!
je.bal/dam.be*/jom/geu.man/pi.wo
拜託你不要再抽菸了！

B 담배 끊는 게 그렇게 쉬운 줄 알아?
dam.be*/geun.neun/ge/geu.ro*.ke/swi.un/jul/a.ra
你以為戒菸那麼容易啊？

B 그게 얼마나 힘든 일인지 알기나 해?
geu.ge/o*l.ma.na/him.deun/i.rin.ji/al.gi.na/he*
你知道那是多麼辛苦的事情嗎？

相關例句

例 힘들지만 돈 많이 벌 수 있어요.
him.deul.jji.man/don/ma.ni/bo*l/su/i.sso*.yo
雖然辛苦，但可以賺很多錢。

例 힘든 시간이시겠어요.
him.deun/si.ga.ni.si.ge.sso*.yo
你一定很難過吧！

形容詞基本變化

	極尊待法	普通尊待法
現在式敘述形 -ㅂ/습니다. -아/어요.	힘듭니다.	힘들어요.
現在式疑問形 -ㅂ/습니까? -아/어요?	힘듭니까?	힘들어요?
過去式敘述形 -았/었-	힘들었습니다.	힘들었어요.
過去式疑問形 -았/었-	힘들었습니까?	힘들었어요?
未來式 -(으)ㄹ 것이다 -겠-	힘들 겁니다. 힘들겠습니다.	힘들 거예요. 힘들겠어요.
否定形 -지 않다 안	힘들지 않습니다. 안 힘듭니다.	힘들지 않아요. 안 힘들어요.
轉動詞形（變化） -아/어지다	힘들어집니다.	힘들어져요.
冠詞形 -은/ㄴ	힘든 일입니다.	힘든 일이에요.
敬語形 -(으)시	힘드십니다.	힘드세요.

欣殺哈妮達！用單字學韓語會話

雅致風靡　典藏文化

親愛的顧客您好，感謝您購買這本書。即日起，填寫讀者回函卡寄回至本公司，我們每月將抽出一百名回函讀者，寄出精美禮物並享有生日當月購書優惠！想知道更多更即時的消息，歡迎加入"永續圖書粉絲團"
您也可以選擇傳真、掃描或用本公司準備的免郵回函寄回，謝謝。

傳真電話：（02）8647-3660　　電子信箱：yungjiuh@ms45.hinet.net

姓名：	性別：　□男　□女
出生日期：　年　月　日	電話：
學歷：	職業：
E-mail：	
地址：□□□	
從何處購買此書：	購買金額：　元
購買本書動機：□封面 □書名 □排版 □內容 □作者 □偶然衝動	
你對本書的意見： 內容：□滿意□尚可□待改進　編輯：□滿意□尚可□待改進 封面：□滿意□尚可□待改進　定價：□滿意□尚可□待改進	
其他建議：	

您可以使用以下方式將回函寄回。

您的回覆，是我們進步的最大動力，謝謝。

① 使用本公司準備的免郵回函寄回。

② 傳真電話：（02）8647-3660

③ 掃描圖檔寄到電子信箱：

yungjiuh@ms45.hinet.net

沿此線對折後寄回，謝謝。

廣　告　回　信
基隆郵局登記證
基隆廣字第056號

221-03

雅典文化事業有限公司　收

新北市汐止區大同路三段194號9樓之1

雅致風靡　典藏文化